AF208558

Tavelstölden

Alla i denna berättelse förekommande eventuella likheter med verkliga personer och händelser är helt oavsiktliga.

TAVELSTÖLDEN

En Göteborgsroman

av

Kaj Bernhard Genell

Copyright © Kaj B. Genell 2018.

Copyright © *2018 Kaj B. Genell*
Illustration: Kaj B. Genell

Förlag: BoD – Books on Demand, Stockholm, Sverige
Tryck: BoD – Books on Demand, Norderstedt, Tyskland

ISBN: 978-91-7785-441-8

KAPITEL ETT.

I vilket vi inledningsvis i Göteborg möter en miljö, där drömmar intagit en speciell och egenartad plats. Men just drömmar slår ju som bekant lätt rot, nästan var som helst.

Det var natt mot måndag i februari. Man kunde se en gubbe, klädd i en sliten, gulbrun skinnrock, skynda fram i natten längs den mot älven sluttande, stenlagda kajen vid Gullbergsvass. Klockan var kring tolv. Mannen kastande blickar, både bakom sig och åt sidan, längs raden av uttjänta, trasiga små fartyg. Hans agerande var som hos en människa, som var jagad. Det gick emellertid trots den påtagliga brådskan inte särskilt lätt för honom att ta sig fram, eftersom han inte var helt ung och för att det hela utspelade sig i en avskild, oupplyst del av den inre, gamla hamnen och för att kajen i sig var stenig och ojämn.

När han vred på huvudet och vände sig lite om, kunde han nu snett ovanför sig se en bit av den av starka strålkastare upplysta Göta Älvbron. På bron, som var buren av hundraden av ljusgröna pelare och hållen på plats ett omständligt sätt med hjälp av tusentals stag, skramlade en nattspårvagn ensam fram. Vinterhimlen var något rökig och svagt upplyst i sin luftmassa av alla ljus, och den skimrade i lila. Enstaka nattmoln cirkulerade högt däruppe. Stjärnor syntes nästan inga. Eftersom gubben bland allt annat var målare, samt just nu var inne i en period av överspändhet, så uppskattade han skönheten i allt detta. Potentierat dessutom. Hade det varit mulet och regn hade han alltså också förmodligen uppskattat skönheten i det. Trots att han alltså tycktes jagad av något.

Det lyckades mannen i rocken förvånansvärt lätt att ta sig ombord på fiskeslupen, den absolut allra mest gistna, som låg förtöjd bland alla de andra nedgångna fartygen. På hans rörelser syntes dock, nästan komiskt klart, att han inte alls ägnat sitt liv åt kroppsarbete eller träning, men snarare haft någon form av stillasittande arbete eller sysselsättning. Ansiktet var onaturligt blekt, nästan som upplyst inifrån. Han hade mörka ögon och i ansiktets mitt syntes, till och med i halvmörkret, en mycket liten röd näsa. Håret som stack fram lite under den svarta stickade luvan var nästan helt grått och det var tovigt.

Med en rostig järnten, som han norpat åt sig i det halvfrusna fjolårsgräset vid kajkanten, bräckte han, ombord på skutan, om än störd i rörelserna av sin stela skinnrock, i den lilla dörren till kappen, varifrån en lejdare borde leda från däcket ner i kajutan. Han höll än så länge i utsida kappens tak, vilade sig lite mot tjärpappen, slöt ögonen och andades tungt med öppen mun.

Det var tyst i den lilla hamnen. Endast svaga ljud från strömaggregat av olika slag, kluckande av vågskvalp kring båtarna, ljud från vajrar som plötsligt slamrade till mot master, samt mannens andhämtning, var vad som hördes. Ombord luktade lite av bunkerolja och tågvirke.

Att komma ombord på en båt kan ju i vissa lägen förresten likna att nå en *safe haven*. Mannen var dock främling här. Han visste inte om alla båtar, som bitvis låg i dubbla led här, i Gullbergsvass, verkligen flöt, eller om vissa av dem rent av stod på bottnen. Fiskebåten, som han just nu befann sig på, en plattgattad plimsollare, kändes visserligen som om den flöt, men säker kunde man inte vara. Det föreföll av någon anledning nu mannen i rocken som synnerligen viktigt att veta om det fartyg, som han mödosamt klivit ombord på, flöt eller inte. Han gick försiktigt från sida till sida. Båten tycktes ligga där den låg eller stå där den stod. Vilket det var, var oavgörbart. Förflyttningen, i sidled, av hans tyngd, påverkade hur som helst inte båtdäckets horisontella läge.

Lite akter om midskepps på båten, som var mycket gammal, reste sig en svart skorsten som nästan var av storleken tjockare stuprör. Fäst vid den skorstenen fanns vajrar av olika slag. Styrhytten var i trä, dels vit, dels träfärgad. Bakpå slupens akterspegel satt en stor och prydlig, snirklad skylt, som stolt, i guld på svart botten, förkunnande: *GG Sagoland*. Undertill, med lite mindre och lutande stil stod avflagnat: *Göteborg*. Fartyget mätte inte mer än arton meter från bogfender till akterlanterna. Lanternorna var givetvis släckta. Just den där stoltheten i snirkleriet i texten på namnet *Sagoland* var nu utmärkande för alla skepp som låg här, inte bara för *Sagoland*. Detta slog mannen som något som liknade en tanke.

Ty han hade lugnat ner sig något vid det här laget, efter vad som faktiskt tydligt föreföll vara en flykt, och den för honom så starkt utmärkande reflexionen hade kommit tillbaka. Ögonen, mer och mer vana vid mörkret, noterade nu livligt allt i omgivningen. Andra flytetyg var i betydligt bättre skick än detta lilla skepp. Några av de andra hade kanske rentav kunnat segla härifrån alldeles själva. Därför hade han inte gått ombord på dem. "Ju sämre dess bättre!", tänkte han.

Där låg utrangerade grå torpedbåtar från Försvaret, en del av dessa ombyggda, troligen fullt fungerande. Det fanns gamla satta bogserbåtar av mindre modell, som tycktes byggda för att ligga precis i vattenlinjen; dessutom små västkusttrålare samt pyttesmå Vänerlastfartyg och annat flytetyg, likt pråmar och båt-pråmhybrider med nästan helt fyrkantiga överbyggnader. Överbyggnaderna liknade små hus, byggda antingen i järn eller i enkel plywood. Där låg annat i båtväg som inte var ens kategoriserbart. Några av båtarna var husbåtar, och de syntes vara åtminstone tidvis bebodda, gissade inkräktaren. Man hade förmodligen för ett antal år sen dragit in elektricitet i hamnen, och sedan vidare till somliga fartyg, och ett av dem, i yttre raden, var upplyst i flera av ventilerna och ledningarna hängde, gamla och livsfarligt slitna, kors och tvärs över relingar, bommar, trossar och stag. Det föreföll nykomlingen meddetsamma, i hans spekulation över det han såg, vara troligt att den lilla hamnföreningen hade något slags avtal med Göteborgs Hamn om att få hålla till här, under förutsättningen att man forslade bort de fartyg som sjunkit eller hotade falla sönder. Men detta var alltså ren spekulation. Men så var han en sådan filur, alltid originellt killgissande i frågor som gällde både verkligheten och det ovetbara.

Alla fartyg var förresten nästan surrealistiskt målade i bjärta färger, och alltihop i denna trakt av

4

staden syntes förmodligen sommartid som en härlig målning av en modernist, som till exempel Vassilij Kandinsky eller Kirchner. Så avlöstes nämligen grönt av orange, rött av illgrönt, blått av ljusbeige, gult av violett, o.s.v. Man målar väl mycket här givetvis för att hålla rost och röta borta. Men alltihop blir också som en gigantisk *graffitti onboard*. Ofta såg man nog inte en enda människa här. Bara båtar, och på kajen lite gulnat gräs och ett par verktygsskjul, kanske en och en halv meter höga. Troligen fanns det människor här, på den av åratal av sättningar ojämna kajen, lojt arbetandes mitt på varma soliga vårdagar och ljuva sommardagar. Men mest var det nog tomt. Man kunde tro, att det var andeväsen, änglar eller spöken som pysslade och värnade skeppen och dekorerade dem. Här spatserade väl måsarna stelt och ryckigt om dagarna som kajens kungar och spanade, när de var här, med stickande blickar, på alla inkräktare. Men det var nog egentligen sällan de var här, även måsarna. De måste väl söka sig till en hamn där det fanns mer liv och fisk. Bland stenar, sand och sprucken asfalt på kajen sköt sprött gräs, ogräs och tistlar upp. Här var nu så dött att det knappt luktade av fartyg längre. Bara ett uns.

Vem tjänade pengar på denna hamn? Vad ligger bakom detta, att upplåta en remsa strand till uttjänta små skorvar, varav praktiskt taget inga har någon framtid alls? Att upplåta strand till en hamnförening som verkar styrd av luffare och vinddrivna särlingar? Av retronördar och hemlösa. Till några människor förmodligen med bokstavskombinationer som på något oklart sätt ägde en slup här, sov här, försov sig här och som på kajen placerade ut en brevlåda på en sned stolpe. En brevlåda, målad med överbliven båtfärg, som kanske ofta lämnades att falla omkull med räkningarna och kravbreven inuti. Eller var allihop som hade en båt här, eller bodde här ändå, rena gangsters? Vad pågick egentligen här?

Hela hamnen var dock liksom en exil. En tillfällighet. En blandning mellan tillfällighet och sorgsen väntan på det oundvikliga. Skepp som väntade på att somna in. Detta lilla samhälle, denna lilla fristad var långt ifrån all digitalisering. Och dt var inte det minsta hippt eller catchy här. Det var alls inget likt *Kristiania*. Inte alls i paritet med det. Området är ju också så förtvivlat litet. Några hundra meter. Kajens bortre del slutar med några sneda skjul. Ett av skeppen var visserligen dedikerat till ett tydligt, om än smått desperat, ändamål: *Ship to Gaza*. Med en allvarlig, alldeles för stor, ja jättelik palestinsk flagga. Med denna båt hade man förmodligen både stridit med israeliska kommandosoldater ombord, och på den hade man dansat *Calle Schevens vals* till Dror Feilers saxofonspel utanför Gaza i fjärran Levanten.

Rätt vad det var, kanske snart nog, kom väl denna hamndel att jämnas med älvbrinken och bli ett sidoupplag till någon containerfirma, eller förvandlas till en lastbilsparkering, eller så blev det ett bostadsrättskomplex. Man kunde inte ens kalla Gullbergsvass för slum. Det var ju mer en sophög!

Den gamla gistna farkosten, som vår hjälte befann sig på, skulle antagligen om några veckor ta in vatten och sen sjunka de få decimetrarna, eller centimetrarna, till älvkantens botten, för att sen bli bortmuddrad på något sätt. Vad blev det då av ägarens drömmar? Vart tog allt sen vägen? Drömmen om Söderhavet?

Givetvis, eftersom det här främst handlar om människor, och inte båtar, så var den lilla kajremsan helt klart indränkt i både drömmar och i mänsklig kärlek. Alltihop syntes – när man tänkte på saken - ha sitt ursprung i kärleken till friheten, till havet, till båten och till den egna platsen i världen. Och i kanske kärleken till varann, till gemenskapen eller drömmen om gemenskapen.

Kors, så mångordig jag blev om detta då!! Det var inte meningen.

F_ströken stod nu ur mun på honom. Han var ovan vid att vara på båt. Det var en kall februari och han var både trött och sömnig.

När han dragit och bräckt med tenen vid låset i dörren på däckshuset så hade hela dörren lossnat med ett skarp snäpp som ekade i den lilla hamnen. Dörren var för övrigt försedd med en rund, sinnrik metallventil i mitten, på vilken man kunde snurra för att reglera luftintaget, - kort sagt: en ventilator. Men den geniala dörren släppte alltså med ens från sina fästen vid gångjärnen, föll loss, och han insåg, att han hade kunnat bräckt vid gångjärnen hellre än vid låset. Som det nu var, så var alltså praktiskt taget hela den gistna dörren borta. Han fick helt enkelt lägga den ner intill kappen. Dörren var inte alls tung, men han fick ändå ont i ena axeln och han förmodade att det var arbetet i kombination med kylan som orsakat en sträckning. Han var sextiosju år gammal. Sextioåtta om en månad. Han hade gemensam födelsedag den fjortonde mars med Einstein. Det var dagen då våren brukade anlända till denna plats på jorden. Till Göteborg. Världens minsta småstad, som någon så klokt har sagt. Så var det också: det fanns ännu just sådant som *platser* på jorden, trots att internetet nu tagit över nästan allt i människors medvetanden, förändrat logik och dröm. Mannen med de mörka ögonen var inte emot internet; han var tvärtom praktiskt lagd och hade ett öppet sinne.

Han ville absolut inte åstadkomma onödiga ljud och svor tyst åt sitt slarv med dörren. Man visste inte om det fanns folk i närheten, och han var ju på flykt. Han ville faktiskt inte ha någon uppmärksamhet alls än så länge.

Så lutade han sig slutligen ner över lejdaren, som brant löpte ner i båten. Från kajutan luktade det, genom den genom hans aktion med bräckjärnet frilagda öppningen, aningen fuktigt och instängt, men dock inte alls något av mögel. Båten hade förmodligen varit fullt bebodd bara för någon månad sen eller något ditåt, tänkte han. Genom att försiktigt klättra ner ett antal fotsteg på trappan, hållande sig i ett litet järnräcke, och kommit ner i båtens innanmäte, såg han nämligen genast två britsar skymta i halvdunklet och han observerade dessutom, att de var fullt bäddade, prydligt med rena lakan och täcken.

"Det är nya tider nu.", tänkte han. Här bodde förmodligen luffare.

Han hade tagit upp sin mobil ur höger ficka på rocken och aktiverat ficklampsappen. I kajutan syntes i ljuset från lampan tidningar, reklam och pappersskräp överallt. På ett avflagnat, rangligt litet köksbord mitt i det lilla skeppsrummet låg tummade, fläckiga böcker, med omslag i alla färger, av Leif G. W. Person, John Connolly och Jan Guillou. Några tomburkar från öl och tomma plastförpackningar för mat fanns också, och några använda kaffekoppar.

Kajutan, som troligen var ett ombyggt f.d. lastrum för fisk, var väl c:a fem gånger fem meter, och innehöll förutom det rangliga bordet, stolar och skräp en mängd andra ting, dels sådant som man ser ombord på båtar, dels sådant, som man ser i förrådsskjul över hela världen. Ja, det var sannerligen ett helt upplag. Där fanns fotogendunkar, en stor extra tändkulemotor till skeppet han befann sig på, en gammal bilmotor, en större varuvåg, gamla kläder, gamla danska och norska tidningar, en *Metro*, en urgammal *Piff* - en porrtidning, tomma cigarettpaket, cigarrlådor, tändare, jutesäckar, verktyg, spikar, muttrar, diverse järnbitar med okänt syfte och av okänt ursprung samt massor av tomma petflaskor och massor av tomma små avlånga metallburkar som innehållit makrill i tomatsås. En liten samling äldre trasiga mobiltelefoner i olika färger och modeller låg där, samt diverse skal och batterier till dem, hörlurssladdar och laddare.

Ovanför den bleke inkräktaren med sin lysande mobillykta, uppe i det grönbleka blankmålade taket, fanns en släckt lampa i galler, samt vid sidan om den ett skylight, fyra avlånga rutor bildande en liten spetsfog uppåt, genom vilkas glas man svagt här och där kunde skymta den svartlila skyn genom diverse fågelspillning, spindelnät och damm.

DEn, med all sannolikhet, förföljde individ som vi följt med ner i en fiskebåt hette Tegelkrona. Edward Tegelkrona. Han var av konstnärssläkt. Hans farfar hade varit den berömde Tegelkrona. Den store Tegelkrona. Edward var själv konstnär, författare och pensionär. Han hade för länge sedan skrivit en liten bok om Rembrandt, *Rembrandt och linjen.* Utgiven på ett mycket litet förlag. Nära nog obefintligt. En liten vacker bok, och om ett värdigt föremål. För länge sedan slutsåld. Tegelkrona levde ensam, och det hade han stort sett alltid gjort. Han hade en syster, Janina, men denna var ett halvår i Australien för att bota sin stress.

Han såg nu här i kajutan originell och trött ut, men uppenbarligen, efter omständigheterna nu rätt nöjd ändå. Allt han ville var, just nu, att få sova. Och få vara ifred. De, som jagar, är sällan långt borta, tänkte han. Troligen unga målmedvetna män. Typ Stureplanslejon. Han hade tidigare under kvällen, teknisk som han nu var, stängt av GPSen på mobilen. Och han använde inte mobilen att ringa med. Inte för tillfället. Inte ens kompanjonen, eller rättare sagt: före detta kompanjonen, Axelsson ville han nu ha någon kontakt med.

"Om man ändå, för ett slag, kunde försvinna! Om han kunde ta en rymdfärja!" tänkte han. "Eller sova för evigt!" Dessa vår hjältes förhoppningar sätter så att säga det spirituella ramverket för denna historia. Omständigheterna skapar vilda önskningar. Ty vad är människan, om inte en, ständigt sig förvandlande, vild önskan! *Får dom tag i mig, så får dom,* tänkte han nu på en gång realistiskt och självironiskt och värmde händerna lite i de stora rockfickorna. Med ludd i och gamla kvitton från *Willys*. "Inte mycket att göra åt! *Någon gång skall ju allt ta slut!"* Mer ville han just nu inte tänka på hela den krångliga affär, med en tavla, som var direkt orsak till varför han befann sig på flykt.

Han själv var emellertid en djävel på att måla. tänkte han istället plötsligt, efter det han lagt mobilen på det lilla bordet och satt sig ytterst på en vinglig stol i kabyssen. Sig själv tröstande. Som om det skulle

10

förändra hela situationen, att han kunde måla. Hela livet hade han nämligen ritat och målat. Det, att vara besatt av tingens konturer och läge i ljusflödet, är ett ganska sällsynt öde, och det är troligen konsekvensen av en medfödd brist i perceptionen. Det ingår i vad man kan kalla Bristens Ironi.

Alltnog! tänkte han innehållsdigert, där han satt och stirrade och lyste med mobilen än hit och än dit runt omkring sig i kajutan i den främmande omgivningen. Tegelkrona var komplex. Med komplex menas: *fantasifull*. Ty särskilt komplexa personer finns ju egentligen inte! Vad som förvillar är att Människan, i sig, som varelse, är biologiskt komplex, och att människor i gemen ofta hittar på väldigt komplexa saker. Vissa människor hittar på oerhört komplexa saker. Men komplexa är dessa människor aldrig, i sig, i sitt inre, som individer. Alla människor är i sitt inre alldeles enkla. Psykologin är inte en vetenskap, men spekulation. Man har inom psykologin ännu inte nått så långt att man insett denna generella enkelhet. Tegelkrona var fantasifull. Så var det, helt enkelt!

Klockan var nog nu ett på natten, och efter att ha kontrollerat detta i mobilen sneglade han roat på sig själv i en trasig spegel, som hängde snett på skottet i kajutan. Han förstod inte. Var inte han själv likaså en trasig spegel? Eller kanske till och med just en skrothög? Allting kan ses som öppningar till något annat. Även en spegel är en öppning.

Vad är en spegel mer? När man tänker på saken existerar inget sådant som en perfekt återgivning. Det finns ingenting som är samma; det finns bara lika. En människa är givetvis heller inte en spegel. Vad skulle en människa vara en spegel av, en spegling av? Allting kan ses som öppningar till något annat. Särskilt speglar. Med dem kan man se sig själv, och utmärkt vad som finns bakom en själv. Snett bakom. Så är också till exempel en bok en spegel, där man inte bara ser sig själv, men man kan också få syn på en hel del, som man passerat utan att se det, utan att man reflekterat över det. Böcker läser man ofta utan att veta varför, och ibland får man reda på en massa saker kanske om sig själv och om världen genom att läsa dem. En bok läser man alltid på chans. Böcker läser man för att kunna se sig själv i förbund med världen, genom att så att säga kika över sin egen axel, bakifrån.

Om nu någon letade efter honom, tänkte han, så är det väl ändå inte här! Han hoppades, ganska utpumpad av flykten, att de på denna kaj obefintliga måsarna skulle vaka över honom, de måsar som satt och sov, med ett öga, någonstans i närheten. De goda måssjälarna måste ändå hålla honom räkning för det goda han själv i alla fall gjort i sitt liv och vakna till och med varningsskri meddela om det kom skumma typer gående på kajen.

Detta tänkte Tegelkrona på, när han tog filtar och täcken från sängen i båtens innanmäte och satte sig i en gammal korgstol i hörnet därhäne, svepte om sig, placerade sina hälar uppe på en lådkant, släckte mobilen och beredde sig att sova. Han hade av en slump hittat en fungerande värmefläkt. Meddetsamma han provade det svarta plastvredet på den, så satte den igång. Man fick rent av sänka effekten. Värmen som kom till honom i korgstolen under täckena gav honom hela lugnet åter. Människan är i mycket en fysisk varelse. Han justerade signalen på mobilen till "mycket låg" och släckte sedan mobillyset. För övrigt så väntade han sig ju inget samtal.

"På ställen där man sover blott en gång", citerade han halvhögt Karin Boye*, "blir sömnen trygg och drömmen full av sång."* Det var kolsvart i kajutan. Värmefläkten var inte bara en praktisk välsignelse i hans nuvarande situation. Att han fann denna fullt funktionsduglig tycktes honom åter, i hans snabbt påkomna dåsighet, vara ett gott omen. Han andades ut ett antal gånger. I uttröttat tillstånd utvidgas en människas blodkärl mycket snabbt, när kroppen kommer i kontakt med värme. Den till åren komne mannen glömde nu bort alla funderingar kring Gullbergsvass samt även hela historien med Rembrandt, hela denna olycksaliga malör, denna lättsinniga luströrelse in i förbryteriets värld, och han sjönk på några sekunder in i en nästan djurisk sömn, ombord på den ruttna båten.

KAPITEL TVÅ.

I vilket vi möter en MC-kille vid namn Didrik ombord en uttjänt pansarbåt, som förmodligen saknar både olja och maskin.

När tisdagen grydde, så var det för flertalet göteborgare till en alldeles vanlig vardag. Hela det föregående året hade nationen börjat vänja sig vid alla de flyktingar och andra invandrare, som kommit två, tre år tidigare och man inväntade bland politiker ett viss nytt normalläge, så att man kunde fokusera på allmänna reformer, mer än på det akuta som inflödet av alla de nya medborgarna medfört. Få politiker, eller medborgare för den delen, verkade ha insett att vi nu alla levde i en alldeles ny tid med helt andra villkor än de, som till exempel rått under 1900-talet. Det var nu alltså en ny era med en *global awareness* och med ett ömsesidigt beroende, potentierat av den numera allt genomsyrande digitala mobiltekniken. De som inte kunde och ville se detta, det var de obildade och konservativa, av olika sorter. Tegelkrona kunde inte fördra konservativa människor. Han gick till och med så långt, att han skyllde allt ont på förekomsten av konservativa människor. Om alla människor hade varit *radikala*, så hade vi levt i paradiset, menade han, dubbelironiskt. [Med dubbelironiskt menar vi, att han när han sade detta blinkade ironiskt, men att ändå menade *exakt* vad han sa.]

Fram på morgonen denna dag vaknade den nonkonservative Tegelkrona upp. Han var alldeles för varm, med svetten klibbande i pannan, på bröstet och mellan benen. Så som man blir om man sover med en värmefläkt riktad mot sig i ett instängt lite fuktigt utrymme. Han ruskade på sig, gick upp i den, nu av solljus, svagt upplysta kajutan och stängde av den, som han fann, blott alltför effektiva värmefläkten. "Heilige *Gott!*" ropade han helt och hållet till sig själv. In mot sin kognition och sin själ. *Så varmt behövde det väl inte bli ändå!* [Man bör sätta ord på sina känslor!] När den ändå bara var ställd på ettan!

Ja, inget hade hänt under natten. Ingen hade kommit och stört hans nattro. Ingen visste förresten var han fanns! Ingen brydde sig väl heller. Det var kanske bara att stanna där man var. Han behövde i alla fall inte göra något speciellt just nu. Inte förrän han blev hungrig i alla fall.

Efter att ha gått fram och tillbaka i kajutan för att lufta kläderna lite och mjuka upp lederna, - ena vaden ömmade i det sämre benet - så klättrade han upp för den lilla lejdaren ut i det fria till det välvda fiskebåtsdäcket. För den trasiga kajutingången hade han löst hängt en bit grön presenning, och denna vek han nu undan.

Hamnen vid älven var stilla, luften klarare och kallare och himlen var nästan molnfri. Några kajor promenerade ryckigt på relingen på torpedbåten, som låg utanom och dikt *GG Sagoland* och en av de svarta fåglarna hoppade gåtfullt ut och in genom ankarklyset. Kråkfåglar hade ett fint intellekt, tänkte Edward. Ilsket och humoristiskt. En hund skällde i fjärran. Till sin förvåning hörde Tegelkrona nu också en ekosändning från radions P1 nånstans svagt inifrån torpedbåten. Torpedbåten hade inget namn. Fiskebåtens namn var ju fantastiskt. *"Sagoland"*! tänkte han. Torpedbåten hade kanske hetat *"Medelpad"* eller *"Skåne"*. En kontrast, men ändå inte. Snabbt kontrollerade Tegelkrona sin mobil, för att se om någon hade ringt eller lämnat meddelande. Han hade ju sovit väldigt djupt. Där fanns i telefonen ingenting annat än ett meddelande från *Tele2* om surfrabatter, vilket han raderade. Orolig för att bli upptäckt grep han tag i den improviserade vikdörren och återvände snabbt ner i fiskebåtens innandöme. Samtidigt hörde han då hur en dörr öppnades på den större båtens järndäck, samt hur någon raskt klättrade över till fiskebåten, någon med stövelklackar på eller nåt ditåt. – Jaja, tänkte Tegelkrona. Det kan ju vara trevligt med umgänge. Det är i alla fall inte en av mina antagonister, som huserar här ute i fattigmansland. Det är en utav invånarna i Gullbergsvass.

Snart nog klampade det också mycket riktigt nerför kajutans lejdare en stor rödhårig karl i sjöstövlar, en man med skägg. Han såg ut som hämtad från en film om raggare, tänkte Tegelkrona. Mannen, som var en pojkman, var överdriven i varenda detalj. På kläderna och särskilt på jackan blixtrade det av idel nitar och små kromspjut. Han var alltså piercad *over all*. Lädret på jacka och byxor sken av smörjfett. Och i det runda ansiktet fanns också där, vilket var det första man såg, diverse ringar, tenar och sprintar, samt enorma tatueringar av lejon, rosor och fantasimonster, som alltihop tillsammans grundligt och bisarrt förstörde ett antagligen annars ganska vänligt och sympatiskt utseende. Efter att under en liten tidsrymd stående på durken visat upp sin tatuerings-, läder- och stålmundering, samt granskat Tegelkronas orakade runda ansikte med dennes glesa grå skägg i någon minut, sade nu den unge motorcykelkillen vänligt:

– Å hur var det här då?

Under tiden han talade viftade han med vänster arm upp och ner, där handen höll en mobiltelefon med en liten gnistrande dödskalle på.

– Bor du här ute i hamnen? motfrågade Tegelkrona, som dock hade varit med ett tag, och vars kunskaper om livet inte enbart inskränkte sig till sådant som rörde holländska sextonhundratalsmålare. Han var glad över att den andre, av talet att döma, klart visade sig vara infödd göteborgare. [Så mycket var det med den non-konservatismen.]

– Jo, stämmer, sa lädermannen och tenarna och skägget vibrerade. Men denna fiskebåten är ju faktiskt inte din!

Göteborgskan var bedövande. Mannen hade masthuggsdialekt, till råga på allt.

– Ber om ursäkt, sa Tegelkrona. Jag hade ingenstans att ta vägen.

Han gjorde här en gest mot sin slitna rock, där särskilt ytterdelen av ärmarna såg sorgliga ut, eftersom de vittnade om att rocken en gång tillhört en människa med betydligt kortare armar än Tegelkrona, som vikt upp dessa, och det gick fula, lätt svartnade veck över ärmarna nån halvdecimeter från ärmarnas ytterkanter. Ett tydligare tecken på fattigdom kunde man över huvud taget inte visa upp.

– Detta är Segerlunds båt, sa MC-killen enkelt.

Han hade stoppat undan mobilen och stod och plockade med en tumstock som han tagit ner från en hylla i det halvmörka kajutrummet.

Efter åtskilligt lakoniskt neutraliserande chit-chat av detta slag fick nu Tegelkrona veta, att den gistna men hemtrevliga gamla båten med den platta aktern tillhörde en man, som bodde i Biskopsgården, men som nyss, för några veckor sen, blivit sjuk, hämtad av ambulans och vars liv nu hängde på en tråd på Sahlgrenska. Segerlund hade dock ringt igår ifrån sjukhussängen. Han levde alltså. Den rödhårige MC-killen, som presenterade sig som Didrik Regelhielm, hade bott ett bra tag i hamnen, och var lite av tillsyningsman i föreningen. Han förklarade, själv stor och bred och lättrörlig, medan han kliade sig i det bastanta skägget med en hand prydd med oräkneliga ringar - som man säger, när det är c:a tre - att han nu såg till fiskebåten, eftersom han ägde en båt bredvid den och eftersom Segerlund bett om det. Didrik själv hade för flera år sen köpt den gigantiska torpedbåten, som låg sidskepps *Sagoland*, för 30000 kronor och

17

inrett den till verkstad för sina motorcyklar. En billig peng. Han höll på att renovera en gammal Harley Davidsson med sidovagn, till ett skick som kanske skulle imponerat på både Harley och Davidsson. Men det sa han inte. Han sa:

– Jag renoverar en Harleycykel med sidovagn.

När det kom till Tegelkronas förehavanden fick Regelhielm först enbart svävande svar ifrån den äldre mannen. Han måste hålla sig undan kreditorer några dagar, påstod denne. Regelhielm, som hade en bakgrund inom både kriminalitet och på ekonomiavdelningen på *COOP*, fann detta lite märkligt och sa lätt:

– OK. Jag förstår. Men tveka inte om du behöver hjälp. Du kan få mitt mobilnummer. Mitt mobilnummer är … (och så nämnde han ett nummer.)

Tegelkrona fann i sin tur detta yttrande, med ett konkret erbjudande, otroligt sympatiskt och han tänkte, att han nog inte hade mycket att förlora på att berätta hela sin historia för sidovagnsrenoveraren.

Emellertid såg Tegelkrona den gistna skutan som så pass bedrövlig, att han helst ville byta vistelseort innan han började berätta, och därför föreslog han, att de båda skulle gå över till pansarbåten, och han undrade även, om inte Regelhielm hade lite varmt kaffe. ”Var det förresten en pansarbåt?”, slätade Edward över, trots att just detta föreföll gränslöst ointressant i jämförelse med allt annat. ”Jo”, det menade Didrik, att det var.

Kaffe hade han likaså, sade han, från en riktig kaffebryggare. Så klev de båda upp på däck till morgonljuset uppe på *Sagolands* däck, sen över de båda relingarna, där några trasbeklädda rep behändigt låg till hjälp och beträdde slutligen det forna krigsskeppet, för att sen smita in genom en snyggt lackad trädörr in i en liten matsal, eller mäss, som var trevligt inredd med diverse bilder föreställande Tyrolen samt Sylvester Stallone som boxare på de blågrå pansarbåtsstålväggarna. Det var ganska lågt i tak. Regelhielm satte på kaffebryggaren. Så satte Didrik sig vid ena bordsänden och såg på Tegelkrona, som nu tungt i en ny slags avslappning, som vänligt bemötande ger, satt sig vid den andra. Tegelkrona hade, trots sin ålder, besvär med sin stress. Han sökte alltid avslappning. Han hade lossat på rock och halsduk, samt avlägsnat den svarta lilla pirkan, eller luvan, och blottat det nära nog omåttligt toviga glesa, gråa håret, där, i dess övre mitt, en liten flint sorgligt påminde om tidens flykt och alltings förgänglighet. Sen började Tegelkrona, under det han strök över bordsskivan med den smutsiga högerhanden, som var knotigare och mer kraftfull än kroppen i övrigt, berätta sin historia för den vänlige hamninvånaren, - hela historien om varför han var på flykt. I en minnesflash återsåg han i andanom och med viss skräck nu en viss Lester Axelssons ansikte samt Rembrandttavlan med den helt nakna *Danae*, tavlan som redan orsakat så mycket problem.

KAPITEL TRE.

I vilket vi möter en blek dansös, som brukar dansa utan kläder, men för publik. Vi får också en skymt av dansösens son.

Vid fönstret i köket i en liten etta på nedre botten på Svänggatan i ett morgonkulet Kortedala stod denna samma tisdagsförmiddag en blek deltidsstrippa, blå under ögonen, med sin mobiltelefon. Hon kunde samtidigt se ut, se på mobilen och hålla ett öga på vad som skedde i köket. Hon var ensamstående mamma med femårig son. Anna Constantia Smith, som hon så vackert och ovanligt hette, kokade gröt medan hon kollade sina kontakter på *facebook*.

Men hon hade just tyst suttit och skrivit en liten dikt på ett papper med bläckpenna. Dikten låg bredvid henne på köksbordet. Hon brukade skriva sådana. Den löd:

Tårar, tårar faller uppåt.

Himlen är lila.

Trädens grenar håller inte.

Jag är död.

Misteln dansar tyst i molnet.

Kravbreven kraxar.

Bitar av en själ seglar i luften.

Lägenheten var dödstyst. Det bara skramlade lite från barnet. Barn skramlar alltid lite. Barnet Theo, snart 5 år, satt och balanserade farligt på en stol och mixtrande, även han, samtidigt med en mobil. Hans telefon var en liten blå. Theo sökte mer den unga moderns blick, än något som på mobilskärmen, men mamman vände nu oavvänt sitt ansikte mot sin skärm, på sin silvriga *iPhone*. Det hade bara fattats att den lilla katten, som sprang kring benen på dem, också hade haft en mobiltelefon att titt och tätt snegla i, och spegla sitt ego i, för att man här skulle kunna åse en fullständig dysfunktioni på kommunikationsplanet.

Anna var liten och ljus och hade ett smalt ansikte och tunt mörkblont hår och stora, lätt skelande, ögon. Hon hade en fräck amorbåge på vänster sida av munnen. Hon hade inte ansträngt sig för att få denna sneda båge. Naturen hade gett henne den. På vinst eller förlust. Hon hade heller inte ansträngt sig för att få bort den.

Hon var i sitt inre ofta störd av att hon hade liksom en irritation på högersida av huvudet, i hjärnan, som hon bedömde det hela. Ett litet ställe var det fel i, som på något sätt gnagde och det gjorde henne rastlös, och när det var irriterat på det stället, så kände hon sig nästan elak. Detta var hennes bekymmer och sorg. Hon ville inte söka för det. Hon var ju ensamstående mamma, och om man är det, så får man akta sig!

– Mamma! sa ungen, med en direkthet, som endast är beskärd barnet.

– Jaa, sa Anna, som frånvarande vevade på skärmen. "Vad är det?"

Med detta svar menade hon ingenting. Det förstod barnet, som i besvikelse över detta, att modern sade saker som var blottade på mening, lade ifrån sig sin mobil och såg ner i golvet.

Där satt i sin tur den grå katten, som hette *Piraten*, plötsligt blick still och tittade sig omkring. Katter har en förmåga till den mest radikala *plötslighet*. Och, det vet ju alla, plötslighet är något helt mystiskt. Varför nu, och inte sedan, eller redan? Och i plötsligheten dväljs dessutom en egen liten djävel. *Plötslighetens djävel*. Det djävliga kommer alltid plötsligt. Och med katter är det nu så egendomligt, alltså, att de till och med när de sitter still, kan tyckas plötsliga. Bredvid den låg hur som helst en plastleksak. Katten funderade. Den saken är säker. Theo iakttog nu katten genom mobilkameran, som denne rastlöst åter greppat, eftersom Theo numera aldrig släppte sin mobil särskilt långa stunder, vaken eller sovande, ledsen eller glad. Theo ägnade sig dessutom nu åt katten eftersom mamman inte svarat ordentligt. Barn är ena riktiga överlevare.

Theo hade i största allmänhet ett gott öga till katten men alltså också till mobilkameran, och tryckte detta goda öga mot linsen, men nu utan att knäppa någon bild, och kattens egendomlighet tycktes nu förstärkt genom kamerans lins. Katten syntes nu genom linsen vara i en annan värld än Theos.

Så är *distanseringen* det medel varigenom man kan komma till nya insikter, den är det perspektiv, som, delvis genom den blotta ovanligheten, men också genom sin svävande karaktär, förvirrar intrycket av omvärlden på ett för förståndet behagfullt sätt.

Anna Constantia hade en gång för sex år sen, en kväll i fyllan, på stan mött Bertie, det vill säga Karl Bertil, en snygg, vältalig kille, och han fick i sin tur följa med hem till hennes lilla lägenhet på Tredje Långgatan. Hon blev med barn. Bertie försvann, vart hade hon inte den blekaste aning om, och hon hamnade nu snart i en lägenhet i Kortedala med barnet Theo och fick det fattigt, ensamt och trist. En några år äldre kamrat, Elsa, som jobbade i hemtjänsten, tipsade om att det fanns goda pengar att tjäna som strippa på en klubb i stan vid namn *Nya Vegas*. Så begav hon sig dit, medan väninnan såg till lille mörkögde Theo. På klubben träffade hon ägaren, en man som bara kallades för *Boss*, men såg ut som han hette Sjölund,

22

Sjölind eller Sjöland, samt en vakt, en av ett par sådana, en snäll, rödhårig, storväxt, sävlig kille med tatueringar och piercingar som hette Didrik.

Så började hon dansa nakendans, började strippa, till egen vald musik på *Nya Vegas*.

Hon hade talang för denna dans, just den slags sensuella rörelse som, minimalistiskt, verkar så intensivt på just män. Hennes smala kropp, med de nära nog obefintliga brösten – de var mycket vackra, men alls ingen stor volym - blev en rätt ansenlig attraktion bland de män, i alla åldrar och från alla samhällsklasser, som, ofta lite i lönndom, besökte klubben. Dessa klubbar har i några enstaka fall överlevt allt sex på nätet, just för att stripp är ett naturligt och chosefritt (?) sätt att skåda och beskåda "varor" in natura, och för att man kanske kan göra upp en och annan affär på gammalt vis, utan att behöva bekymra sig om risken för att affären inte alls skall bli av, så som kan ske på nätet. Man riskerar inte att profiler är falska, att kontokort eller id stjäls, o.s.v, o.s.v. Hon kunde nu, tack vare denna anställning, som var en anställning under ytterst fria former, med fast procent till ägaren helt enkelt, ha en barnflicka anställd, ty många män var väldigt frikostiga. De betalade ofta hur mycket som helst, om hon bara ville följa med hit eller dit. Hon följde med, om hon fick pengar och rikligt med vodka. Tabletter skydde hon som pesten, och så höll hon sig i god form år efter år, ty hon var i grunden kroppsligt starkt och sunt konstruerad, och var nu efter fem års dansande 24 år gammal och hade en betydande skönhet.

Hennes ansiktshy var oftast askgrå, lätt stötande i ockra. Ibland när hon dansade syntes hyn göra henne än mer attraktiv. Hon hade vid ett tillfälle bjudits på semesterresa med lille Theo av en äldre man med Aspergers till Grekland i två veckor, för sol och bad. När hon kom hem var hon ännu mer askgrå. En djupare askgrå ton. Theo var däremot brun som en arab och ännu mera glad och nyfiken.

Theo var verkligen ett mirakel, tänkte Anna ofta. Men Anna var ensam. Hon begärde inte allt av livet, men hon ville gärna ha en man. Hon behandlade inte sitt barn speciellt mycket som ett barn, men hoppades att barnet snart skulle växa upp till en god kamrat.

En annan man, en före detta slaktare, en stor kille hade sökt upp henne efter en dans på *Nya Vegas* och sagt att han kunde ordna ett bra jobb till henne i Berlin. Hon kunde tjäna mycket pengar där, sa han. Hon hade bara sett på honom med en trött blick. Golvet hade så att säga gått ur strippbranschen i och med att internet kommit. Hon trodde inte ett ögonblick på vad han sa, Dessutom hade hon Theo. Hur skulle hon kunna åka till Berlin? Mannen insisterade på att Anna var unik, och sa att han kunde garantera henne en inkomst på 100000 SEK i månaden. Hon hade gett honom sitt telefonnummer. Han hette Brun, sa han. Ibland ringde han och de talade om Berlin och om Rom och Bologna.

En annan, en kille som bodde i innerstan och som hette Twilfit, Johnny Twilfit, hade begapat sig i henne och ringde också han. Han förespeglade henne jobb på nån klubb. Många var det som ville utnyttja henne.

När hon tröttnade på att vara ensam och att festa med okända män, ringde hon, ibland full, upp Didrik. Denne var ordentlig och dessutom snäll. Det var i alla fall Anna Constantias mening om det hela. Så var hon denna dag, nykter, på väg från Kortedala till Gullbergsvass i sin lilla svarta *Nissan Micra,* 2010 års modell, med Theo, 5 år, för att titta på den piercade farbror Didriks "kanonbåt" denna dag, som var en tisdag i februari. Med Didrik var hon trygg, men hon ville kanske inte dela tillvaron med honom. Didrik hade ju inga pengar, och inga ambitioner. Hon ville gifta sig med en karl med pengar, eller i alla fall med en karl, som hade NÅGRA planer på att skaffa pengar och ett gott liv! Didrik trivdes med att vara i sin kanonbåt, som låg still där den låg. Och med att meka med motorcyklar. Men som hon besatt liten social kompetens, och i sin relativa tråkighet, så hade hon hittills misslyckats med att skaffa en sådan där rik kille. Hon var inte bra på något alls, annat än att dansa naken, och se småfräck ut, utan att alls vara det. Ibland såg hon sig i spegeln och undrade om allt var den där konstiga munnens fel. Eller om det var irritationen i hjärnan. Utan större hopp om nånting, men mycket för Theos skull, för att han skulle komma ut, och för att själv komma hemifrån, åkte hon till Didrik.

KAPITEL FYRA.

Edward Tegelkrona börjar raljerande sin berättelse.

På Didriks kanonbåt har klockan denna måndag nu börjat närma sig halv ett, och en och annan mås har kollat läget vid Drömmarnas kaj, kollat om det när allt kommer omkring inte finns nån fisk där, eller om inte, nån bit bröd eller kanske en gammal korvbit eller så.

– Jo, så här e de, sa Edward Tegelkrona och lade undan lite av sin ironiska attityd, medan han nere i kanonbåtsmässen, lutad mot det med skruvar och beslag i stålgolvet förankrade bordet, såg på Didrik med sin intensiva blick:

– Jag sysslar ju sedan länge med bild hela dagarna. Jag ritar alltså, helt enkelt, och målar. Jag gör illustrationer till böcker, målar lite i olja, och gör en del grafik. Jag har en ateljé på en gata i Johanneberg, Lagerbringsgatan, en parallellgata till Viktor Rydbergsgatan, gatan ovanför Konstmuséet. I en källare, men med tre rätt stora fönster. Kanske är jag ingen större konstnär, men jag älskar vad jag håller på med, och jag överlever i alla fall genom att hålla på med detta. Jag är i alla fall heller inte talanglös. Men rik har jag aldrig blivit. Faktiskt är det så, att jag sällan har råd med - till exempel - semester. Sist ... ” - Tegelkrona avbröt sig. Han älskade uppenbarligen att prata. Men han hade en viss självkritik också.

– Nu är jag så gammal att jag har pension också. Jag bor alltså där uppe, på Abrovinschgatan 14, i en liten etta, nästan högst upp, och i ett annat hus i min stadsdel, med utsikt över Chalmers, bor en vän till mig, en viss Lester Axelsson. Ofta sitter Lester, som är helt kriminell och missbrukare, och jag, och ser på tv om kvällarna. Ibland hela serier. Jag har kopplat datorn till min tv-skärm, och vi kan se allt som finns i filmväg på nätet. Jag gillar datorer. Konstigt nog. Men egentligen inte film. Men det gör Lester. Jag gillar *Twin Peaks*. Men det gör inte Lester.

– Jaja. sa Didrik, otåligt. Men vad är det, som har hänt??

– En sak i taget! retades nu Tegelkrona och smålog. Hans tänder var fåtaliga. Majoriteten av de som var kvar fanns i underkäken, längst fram. Endast en tand fanns i överkäken, lite vid sidan av, där hörntanden skulle suttit. Tegelkrona sökte bedöma Didrik genom att berätta nonsens.

Vi måste här också ett ögonblick betänka vad det var för slags människa, som Didrik såg sittande framför sig i läderrock med kaffekopp i handen och pratade. Och vad nästan varje uppmärksam människa hade förmågan att se. Det var ju bara alltför tydligt att den människa, som gick under namnet Edward Tegelkrona, inte var en dussinmänniska. Tvärtom. Han var högst originell. Det mest slående med Tegelkrona var det genuint lustfyllda sätt, som han tycktes betrakta allting i verkligheten på. Som om allt var uppställda bakelser, som tårtor på ett konditori. Väntande på någon slags metamorfos. Hela hans perception var styrd av lusten att se, och lusten och förmågan att upptäcka. Han var dessutom själv övertygad om att det var lusten att se, som gjorde tingen synliga. Hela hans varelse spelade intensivt med i framförandet av sina receptioner av det han upplevde, och han njöt av varje ord, som om han just höll på att skulptera, med alla ord och tonfall och hela språkets mystik och musik. Ja, det var nästan en komplett omöjlighet för var och en som mötte honom så här, talandes med en sådan inspiration och njutning, att förstå varför Tegelkrona hade blivit något annat än mellanstadielärare.

– Jo, sa Tegelkrona rappt. Det handlar kort och gott om en tavelkupp. Mot konstmuséet i Göteborg. Vid Götaplatsen.

– Konstmuséet är ju stort, fortsatte han. Det är en avlång gul tegelbyggnad i fyra plan, som du kanske vet. Jag är en av detta muséums flitigaste besökare. En

27

återkommande gäst att trampa dess blankade marmorgolv. Ofta ringer jag en sådan vän, som Lester, som det är bra att ha vid museibesök, en uppmärksam, lättsam, bildad och tystlåten vän. Till "saken" hör, att jag själv har målat en av alla de tavlor, som finns på muséet. Fast den visas inte just nu. Den är magasinerad. Egentligen är det ingen målning, men ett linoleumtryck. Vidare kan jag berätta, att jag känner en av de unga damerna som sitter i kassan där nere på bottenplanet, i en liten glaskur med två luckor. Dom har flera sådana unga anställda.

– Min egen tavla, den magasinerade, är, som jag sa, obetydlig. Den föreställer en giraff. Nu är emellertid trycket så svagt, att den orangea färgen knappt räcker för att framställa giraffen. Man ser i alla fall tydligt den långa halsen samt konturen av en flerbladig palm intill. Men horisont finns inte. Min bild är väl c:a tio centimeter i kvadrat. Som sagt, så är denna lilla tavla magasinerad. Men icke desto mindre har tavlan bidragit till min position i staden. "Jaha, det är han, konstnären. Han, den där. Där går han." säger folk, när de ser mig på väg att besöka ett muséum. Eller jag tror det. Muséet ifråga är nyligen restaurerat. Kapp-rummet tillhör de delar av muséet som undgått restaurering. Ja det är skäligen slitet, och dessutom hänger här i långa rader, dubbla rader, kvarglömda kappor och rockar från folk som varit på muséet genom tiderna, men som alltså glömt kvar sina ytterplagg. De hade även i vissa fall, syntes det, glömt sina paraplyer, sina bottiner och även här och där diverse påsar och även några små dragvagnar, hattar och hårnät. Någon auktion på dessa ting har det aldrig varit. Folk kunde ju då missta de gamla paraplyerna och baskrarna för dyrbara konstföremål och vice versa.

Didrik stirrade på Tegelkrona som om han såg en vålnad. Skulle karln med det bleka ansiktet sitta här och berätta sagor hela dagen? Vad var detta för en egendomlig människa? Var han riktigt klok?

– Till skydd mot allt larm ute i entrén, som ju är en gigantisk marmorhall, som på den gamla tiden hade nymfer i sten som sträckte sina smala armar, i förstelnad lust, mot besökaren, - fortsatte Tegelkrona obekymrat -, så tog Lester och jag en dag i höstas – ja det var i september i fjol redan - oss för att först träda in bland kapporna, för att där skapa oss ett litet rum, som var tyst nog för att vi skulle kunna samtala obehindrat. Att detta behövdes, det var vi båda högst medvetna om, ty vi hade, vår vana trogna, inte några biljetter och nu var det Rembrandtutställning och allt, Rembrandt är min favorit, och vi hade inte alls för avsikt att köpa några biljetter, heller. Så vad vi nu skulle göra upp i detta enrum, var en plan för att ta oss in utan att betala. Smitandets konst är ädel, och den är tillika full av njutning. Således var det under ideliga leenden som vi bland kapporna framlade våra funderingar för varandra om hur inträdet skulle åvägabringas. Ögonblick som dessa är som guld. Här måtte nu en högre makt ha njutit så pass mycket av vår godhjärtade glädje, att denna makt nu – som de då och då gör - beslöt att träda in i handlingen.

– Ty vi hade knappt öppnat munnarna, förrän vi hörde ett gigantiskt brak. Braket skakade byggnaden något, och vi rusade fram ur vårt kapptält och fann, avstannande, som om vi deltog i ett surrealistiskt drama, att en del av golvet gett vika i kanten av entrévången, rätt långt bort ifrån där vi stod. Två människor hade följt med ner i djupet och man såg nu endast deras nära nog festklädda överkroppar ståendes käppraka upp ifrån en lägre nivå, dit golvet delvis således flyttats. Här behövdes nu inte mer list. De ömkligt sänkta medborgarna brydde vi oss inte om. Vi utbytte en snabb blick. Lester och jag gick sen helt enkelt beslutsamt mot strömmen av nyfikna människor, som med sina telefoner skulle fotografera golvraset, och bara en minut därefter befann vi oss bakom en staty uppe på våning två. Underifrån, nere vid entrén, dit vi inte längre kunde se, ropade *Pelican Securitus* vakterna där hetsigt: "Hugg i! Lugn! Alle man vänta! Det blir er tur!" Då hördes en gäll kvinnoröst: "Rasar det mer?? Kan det rasa mer?? Har det rasat alldeles? Kommer nån upp? Kan det vara ett terrorist dåd? När kommer polisen?" Nu hördes ett mummel och en mängd spring i muséet. Folk lämnade nu byggnaden och *Pelican Securitus* vakterna ropade: öppna dörrarna, och det dröjde inte länge förrän det blev alldeles tyst i muséet så när som på skotramp från vakterna och dessas spekulationer kring orsaken till hålet i golvet. Ambulanser hade forslat bort de två olyckliga.

- "Vi låser", sa vakterna. Efter att de konfererat, så gick man till de uniformerade biljettflickorna och sa, att muséet måste stängas p.g.a. ett mindre golvras. Lester och jag drog oss in i en nisch bakom en gigantisk grön kopparbyst, föreställande Karlskrona-målaren Julius Kronberg med palett. Vi kunde se några andra vakter från de övre planen släntra ner mot entrén, kanske för att således, långt i förtid, avsluta sina pass. Vi undgick upptäckt och skulle således förmodligen ostörda kunna hela dagen betrakta

Rembrandts målningar på tredje våningen ifred och ostört.

– Vi trodde inte att man alls skulle komma igång med att laga golvet samma dag som det fallit ner, men att på sin höjd någon ingenjör och någon byggmästare skulle komma, för att inspektera det inträffade. "Inte helt fel." sa Lester, vars små tjyvögon lyste i halvdagern, medan vi tog oss fram bakom den djupgröna statyn och sökte oss mot den trappa, som ledde oss ännu längre upp i det olycksdrabbade muséet. Emellertid blev vi genast upptäckta och utkörda. De vakter som var satte att vakta Rembrandts målningar hade INTE avvikit från sitt jobb. Lester och jag blev dock inte uppskrivna och åtalade, bara åthutade och ombedda att lämna muséet.

– Stick! sa den kvinnliga vakten, som såg ut att komma från Iran eller Belgien.

Och så gick vi hem.

– Va? sa Didrik. Hans ansikte var nu en provkarta inte bara på piercing, men på alla slags bleka färger.

Det var lätt att konstatera, tänkte Edward, att Didrik var en genomsnäll människa. Alla dennes åtbörder var av det hjälpande slaget, och han hukade till och med lätt i umgänget med den äldre mannen. Didrik tycktes handskas med allt så som en trädgårdsmästare av bästa sorten handskas med små blommor. Ömsint ordnade han och såg till allting och önskade allt till det bästa, beklagande allt som gått lite fel och vissnat och fallit vid sidan. Eftersom även Edward tillhörde de vänliga människornas skara, så var mötet mellan de två komiskt, och man förlorade sig i sysslan att behandla varandra väl.

– Ja, och när vi slutligen var hemma hos mig på Abrovinschgatan, så pustade vi ut och jag satte på en

CD med Händel. Vi satt i fåtöljerna och när vi hade njutit en stund av vår eskapad på muséet och av musiken så somnade vi. *Concerton* med Händel spelade väl vidare, men vi sov, som goda vänner ibland kan.

Här tittade Edward intensivt på Didrik som för att loda i dennes själ. Denne betraktade Edward med lätt halvöppen mun. De röda skäggstråna runt munnen spretade förvånat.

– *Men när jag vaknade hade jag plötsligt planen klar*. Allt det bästa i livet kommer till oss i drömmen! Vi beslöt sen, när jag hade berättat för Lester vad jag drömt, att stjäla en Rembrandt, från utställningen, en oljeskiss till den berömda *Danae och Zeus*, men nu med en fantastisk plan. Freud skriver ju i sin bok *Drömtydning* från 1900: "Jag vill med denna bok visa, att drömmar kan tydas." Det visade han också. Men kan nu drömmar tydas, så kan de också givetvis misstydas. Kanske var det just det senare som jag gjorde.

– Jaha, sa jätten med tenarna, skinnjackan och skägget.

Tegelkrona lutade sig tillbaka på stolen och frågade, om det alls blev något kaffe. Kaffe var något av en last för konstnären. Han såg ett slag riktigt nöjd ut, och glömde tydligen för en stund att han var förföljd.

– Jojo, fortsatte Didrik, med en viss naturlig skepsis, och lyfte sen glaskannan med det färdigbryggda kaffet och serverade. Det är bara det, att nu kommer min tjej snart.

(Jag skriver "naturlig skepsis" och inte "sund skepsis", efter som det inte finns någon "sund skepsis". Skepsis är till sin natur något oerhört svårt, och allt som är oerhört svårt är, som alla begriper, i alla fall inte sunt. Det vore – allvarligt talat - väldigt osunt att kalla en så oerhört viktig och samtidigt så komplicerad syssla som skepsis, för något så obestämt som "sund". Det vore, ja, det är, en trivialisering av monumentala mått. Om nu mänskligheten går under, så kan det just vara på grund av den olyckliga förekomsten av själva uttrycket "sund skepsis". Här ser man, som så ofta, att livet är retorik. När jag skriver, att Didrik hade en viss naturlig skepsis, så menar jag att han naturligt hade en viss besvärlig skepsis.)

– "Tjej"? Hit? Till båten?

– Jepp. Med unge och allt!

– Jaha. Va´ trevligt!

– Men blev det verkligen någon stöld? Jag har inte hört nånstans om nån stöld? Eller golvras för den delen? Nu är väl den utställningen slut förresten?

– Jodå. Men man tystade ner det. Alltihop. Man söker nu tavlan i hemlighet. Den finns hos ... Tegelkrona gjorde här halt i berättelsen och bad om en sockerbit eller något liknande. Han hittade en gammal sockerbit och stoppade den i munnen och njöt av den.

Didrik stirrade på honom. Edward Tegelkrona kanske var skådespelare. Eller komiker? Alltihop var säkert ett skämt? *Dolda kameran* eller något.

Nu hördes plötsligt steg på torpedbåtens eller minsveparens däck, och ett barn ropade:

– Farbror Didrik!!

Anna Constantia hade insisterat på en enda sak vad gällde uppfostran av sitt barn, att hos barnet inskärpa: att man skulle tilltala vuxna män med tilltalet "farbror" och alla vuxna kvinnor med "tant". Hon tänkte dunkelt sätt att därmed skulle, på ett naturligt sätt, alla andra dygder komma att infalla i barnets själ, likt en rad med dominobrickor. Exakt så tänkte hon alltså givetvis inte, men något i den vägen.

Att sedan männen blev glada över resultatet, medan nästan ingen kvinna blev det, det är en annan historia.

KAPITEL FEM.

I vilket vi får reda på allt om den genialiska kupp som formats i målarens omedvetna och meddelats denne i drömmen, under påverkan av några små musikaliskt suveräna satser ur Georg Friedrich Händels Concerto Grosso Opus 6.

Under tiden Tegelkrona var på rymmen, fasen vet var - från Lesters synvinkel sett - satt nu Lester hemma i sin trivsamma lilla lägenhet på Kulturgatan. Han var visserligen bekymrad över Edward, men hade ändå lyckats distrahera sig från detta med ett mindre intag av amfetamin. Droger var hans grej. Dessa kan verkligen ställa till det för människor. Psykotisk hade han väl lyckats undvika att bli, men nästan alla andra följdverkningar som är vanliga i detta sammanhang, hade drabbat honom. Lester Axelsson var mer van vid galna människor, missbrukare, tjuvar och mördare än vid vanliga knegande människor. Han hade själv suttit inne flera gånger. På både Kumla och på Skogome. Tegelkrona hade ingen vana vid vare sig stölder och knark.

Rembrandtavlan, det aktuella stöldobjektet, stod lutad mot en stol i köket i en provisorisk ram.

Tavlan föreställde ett sporadiskt upplyst rum med en i en stor säng liggande halvnaken flicka, som viftade med en hand och ett tjockt sängtäcke, väntande på en gud, en gud [Zeus] som istället behagade sända *ett regn av guldstoft*. En figur på tavlan kikade i smyg på den nakna flickan i skydd av ett förhänge, och denne någon log. Det mytologiska motivet var svårförståeligt, på gränsen till fullständigt obegripligt. Lester hade försökt sätta sig in i detta, som man gör, genom att googla, men ganska snabbt givit upp.

==

Tegelkrona hade försvunnit.

Allt berodde på ett missförstånd! Så här hade det gått till: Lester hade skickat en grabb med ett meddelande till Tegelkrona, ett litet brev, skrivet för hand. Men brevet var inte alls avsett för Tegelkrona, men för en knarklangare, som bodde i ett hus bredvid Tegelkronas. Inte på Abrovinschgatan men på Snabelgatan. Budbäraren hade "tänkt själv", och gjort vissa alltför snabba antaganden.

Nu trodde alltså Tegelkrona att Lester ville ta livet av honom för att han själv ville behålla tavlan. I själva verket var brevet ett hotelsebrev till en knarkare.

Budbäraren, en mindre yngling, vid namn Brottlund, hade läxats upp av Lester men ändå fått en femhundring för besväret.

Lester var ju långt ifrån nån filosof, så detta med missförståndets estetik hade han inte mycket att orda om. Och estetik var det här dessutom inte fråga om. Möjligen etik. Han hade bara svurit i en kvart, samt önskade nu att Edward skulle höra av sig så snart som möjligt. Missförståndet hade nämligen upptäckts sent av Lester, och han hade först ett dygn efteråt kunnat skicka ett SMS till Tegelkrona, ett SMS som han ännu inte fått svar på, och han inte visste heller om det kommit fram.

================================

Själva kuppen, som koncipierats i Edwards omedvetna, - denna region där den besvärlige, allvetande *Censorn* är kung - hade i själva verket varit mycket enkel att genomföra. Lester njöt av att tänka på saken. Ibland flera gånger om dan. Det var nu visserligen alltså inte hans idé och plan, men Edwards, men han hade ju bidragit, i detaljer, med både råd och dåd. Särskilt med förklädnaderna ju! Sådant kunde han. Lester hade en bakgrund som skådespelare på en hel rad amatörteatrar ute i landet, bland annat i Mölndal och i Rådsätra, och hade en portabel liten sminkväska och en hel liten samling udda kostymer och hattar.

Man hade alltså i september, efter historien med det lilla golvraset, som var en bagatell, men en initierande bagatell för Edwards inre genialitet, och efter Edwards Händeldröm, rekognoscerat inför stölden. Så hade man börjat grunna över bästa sättet att ordna till, för att kunna promenera ut med en Rembrandtduk under armen mitt på ljusa dan ifrån Konstmuséet.

I en hel vecka pågick diskussionerna, mest uppe i Tegelkronas lilla lya, med nerdragna persienner och med klassisk musik, nu ofta modernare, eftersom Lester mer tyckte om 1900-talsmusik, på medellåg volym i bakgrunden. Det var alltså delvis med hjälp av Max Regers tre, för all del ganska grunda, sviter för solocello, Opus 131, visserligen med Luca Signorini vid stråken, som man slutligen, bland alla framtagna planer, fastnade för en, som bland mycket annat innebar, att man ämnade täcka en medelstor duk av Rembrandt, föreställande just flickan och guldregnet med … *svart täckfärg*!

Det rörde sig om Rembrandts länge okända oljeskiss till hans berömda målning *Danae* från 1632 eller 1643, nu i den före detta hessiska prinsessan, sedermera storkejsarinnan Katarina den storas Eremitage i Sankt Petersburg. Alltså ett förberedande arbete i olja. Tavlan föreställde i originalet, såväl som i den lilla skissen, - enligt en intelligent kvinnlig konstkännare – inte bara en naken kvinna, Danae, men dessutom Rembrandt själv, som *Peeping Tom*. Det möjligt att denna konstexpert kunde försörja sig och sin familj på denna enastående teori, som i sig ju inte betydde ett dyft. Den betydde att hon trodde att Rembrandt stoppat in ett självporträtt i tavlan. (Det var denna tavla som alltså nu stod lutad mot en stol i Lesters kök.)

I november, när utställningen sjöng på sista versen, och när museichefen var på resa till Bilbao, för att bada bort sin onda rygg, så slog man till. Man var förberedda in i minsta detalj. Tegelkrona hade skrivit en liten handbok, med tidsangivelser och allt. Ett detaljerat schema, ett *opus moderandi*. Boken, en anteckningsbok från *Flying Tiger,* var skriven för hand, för att inte lämna några spår i datorn. Dess med bläck skrivna kodtitel löd - skämtsamt:

RMBRNDT

Kläder och masker var klara, samt alla verktyg. Man hade en plan A. och en plan B. Redan dagen innan hade de två vännerna – till plan B. - sett om det lilla fönstret på Konstmuséets baksida, där duken skulle falla ut, om inte plan A. föll väl ut. Under fönstret ställde man en med wellpapp halvfylld grön container, som man stulit, med text i vitt, lydande: *SACRAMENTO LTD.*

En vardagsförmidag i november klev tjuvarna så in genom tryckdörrarna till entréhallen. Tegelkrona var utklädd till teaterregissör, vilket aldrig fordrar mycket möda, men i hans ansikte fanns ett av Lester monterat ett ordentligt gråsvart skägg ovanpå Edwards tunnare vita, rouge på kinderna och Edward bar bruna hornbågade glasögon, samt hade en stor svart basker på huvudet, typ Bergmanbasker. Lester hade sminkat Edward, och denne hade då flera gånger citerat Bergman och sagt:" Ressigör, ressigör, ressigör!" Axelsson själv hade full *Pelican Securitus*-vaktmundering, med batong, samt lösskägg på sin annars kala haka och små glasögon även han. Fast stålbågade. Dessa förstärkte hans redan skarpa blick. Glasögon och allt annat hade beställts på nätet i den mån Lester inte redan ägde dessa småsaker.

Båda hade bekväma skor med rågummisula, väl knutna.

Utanför museet sken höstsolen, men Götaplatsen var skäligen tom, så här kl. 13.00 på en torsdag. Trots museireformen var muséet också nästan tomt. Bakom Konstmuseet, på Skyttegatan, den gamla patriciergatan, där bl.a. Oceanografiska och Konstvetenskapliga Institutionen låg, bara ett stenkast från den krossade plan B.-rutan på baksidan, hade man parkerat en från *Statoil* snodd liten skåpbil, redo att föra dem i ilfart med den utskurna Rembrandten i första hand, om det blev väldigt bråttom, till Axelssons lilla fallfärdiga, halvruttna kolonistuga i Särö. I andra hand, om allt gick perfekt, till Kulturgatan och tredje hand – om de möttes av något oväntat på Kulturgatan, som en polis eller en ilsken hund eller nåt - till Abrovinschgatan och slutligen som desperat nödåtgärd skulle man åka till Danmark. Man hade även försett skåpbilen med falska nummerplåtar.

De båda tjuvarna *in spe* gick genast fram till receptionen, där samma två unga flickor som sist, i någon slags blå uniform, satt och log mot varandra (!) och skrev på papper.

Tegelkrona gick fram och log mot dem (!) under den väldiga gråsvarta lösmustaschen, viftade med en legitimation i plast på vilken det klart syntes ordet *Stadsteatern*, pekade på den vaktuniformerade Axelsson, och förklarade att det handlade om ett besök av Christer Henriksson och Lena Endre inför en filmatisering av *Fröken Julie* med en scen, som skulle spelas in uppe i Fürstenbergska galleriet. Invid skulpturen med älvan eller nymfen. Redan om några veckor. Man skulle idag bara reka lite. Här slog nu Tegelkrona några slag med en stor nyckelknippa på den tjocka portfölj han hade med sig, för att raska på de två förvånade kvinnorna i att ge dem bifall till entré. Edward formligen radierade auktoritet.

– Javisst, sa dom båda två. Säg bara till om de e nåt! Chefen är ju bortrest.

– Ja, han sa det till mig i telefon, sa Tegelkrona. Vi får klara oss utan honom idag. Och för trovärdighetens skull nämnde Tegelkrona chefen för muséet endast vid förnamn.

Förnamnet, och allt det andra med Henriksson och allt, tycktes göra stort intryck på de unga vakterna och öppna upp för vidare aktion. Raskt begav sig de båda männen, som sannerligen såg något överåriga ut för sina yrken, åtminstone Lester, upp för den långa trappan upp till första våningen, för att därefter traska – aningen stönande från Edwards sida - två trappor till. Ropen nerifrån, som handlade om att hiss fanns att tillgå, klingade nästan ohörda i marmorschaktet. De två spekulanterna på Rembrandts Danaetavla, ty det var vad den inofficiellt kallades, promenerade in till de två salar på tredje våningen, där de tjugo dyrgriparna av holländarens [nederländarens] hand hängde, bevakade av två *Pelican Securitus*-vakter. Dessa var en man och en kvinna, båda utrustade med mängder av skärp, batonger och telekomutrustning. Tegelkrona och Axelsson passerade dem snabbt, enbart med en kort nick, synbarligen upptagna i ett viktigt halvhögt samtal, som tycktes röra en placering av en speciell tavla. De två vakterna såg frågande på varandra. Den ene, en ung man med brett ansikte och ett sedan barndomen deformerat öra, stod just i begrepp att lyfta en av sina många telefoner, då Axelsson plötsligt, i perfekt timing, med raska steg återvände till den passage mellan två salar just utanför vilken vakterna stod.

– Jo, visst, sa han. Hej förresten! Jo, det är såååå…

Här mönstrade han, närapå teatraliskt, de unga vakterna, som om det var något fel på deras klädsel. Han såg dem båda, man som kvinna, ungefär i skrevet. Lesters vana från amatörteatern kom här väl till pass. Allting hade omsorgsfullt skrivits som manus av Edward i den lilla anteckningsboken betitlad RMBRNDT och noga repeterats, i kostym och med gestik och allt.

– Jo, fortsatte han så. Vi skall nämligen rekognoscera inför en filminspelning. Just som vi kommit överens med personalen i receptionen därnere om. Vi släpptes ju upp av dem. Och chefen. Direktör Schwartz. En film med Christer Henriksson, och Lena Endre. Vi kommer från Stadsteatern. Detta är Valdemar Turn und Taxi. Snart kommer Lars von Trier också. Adlig eller inte adlig. Det är mycket nu. Jag är ju själv adlig, log Lester avslutande.(Denna replik hade Edward njutit av att skriva.)

Vakterna verkade helt konsternerade. Ingen hade nämnt något alls om detta, sa de i kör och fingrade planlöst på sina telefoner och skärp, under det de intellektuellt försökte processa informationen.

– Det är ingen fara. Ingen alls. Vi måste bara sätta upp en skylt någonstans här, förstår ni. Det är allt.

– En skylt? sa kvinnan, en ung, kortväxt, mörk kvinna med iranskt eller belgiskt utseende.

Här gäller det att akta sig, tänkte Axelsson, som hade stor respekt för just den iranska, men även den belgiska, intelligensen. Men han beslöt att köra på, enligt plan och enligt manus:

- "Man kan inte ha människor springande och gastande och pratande, inte under själva inspelningen. Så vad som skall stå på skylten är helt enkelt, att det bör vara lite tyst på muséet. Så folk inte kommer med på ljudbandet, i ljudfilerna i onödan. Det är svårt att få bort oönskade ljud. Skylten är sedan länge klar. Vi har bara hängt upp den.", rapade Lester aningen talanglöst upp.

– Jaha, sa kvinnan paff. Var då nånstans??

– Här inne. Just som vi bestämde med direktionen och ledningen i förra veckan. En stor maffig skylt bara. Imposant! Där vi ber om tystnad helt enkelt.

– I Rembrandtsalen? undrade den unge mannen, vars ögon, även de va runderliga. De satt nästan på sidan av ansiktet. Han liknade därför en kolja. "Men …", tillade han.

– Ja, sa Axelsson. Jag tror att vår regissör, Valdemar Turn und Taxi, redan har hängt upp den.

Tvivel och förskräckelse målades nu upp i ansiktena på de två säkerhetsvakterna. Då visade genast Axelsson in dem i rummet just innanför, rummet som var alldeles belamrat med alla Rembrandts ifrån olika kolmörka fondkassavalv inhyrda tavlor. I mittraden, mellan två mytologiska motiv, hängde nu, praktiskt inramad i guldram, ett jättelik svart schabrak med vita bokstäver på, som i museihalvmörkret (vilket var ämnat att skydda tavlorna från elakt dagsljus, som de numera ansågs tåla ytterst dåligt) distinkt förkunnade

VI BER OM STÖRSTA MÖJLIGA TYSTNAD DÅ FILMINSPELNING PÅGÅR I MUSÉET.

– Ååh! sa den mandelögda forniranska eller fornbelgiska kvinnan glatt och klappade lite i händerna, så att nyckelknipporna vid hennes midja plingade till. Så fint! Ja, det blir bra. Det är ju faktiskt … SNYGGT!

– Ja exakt, sa Tegelkrona, som stod intill den guldberamade skylttavlan och nu tog över ordet efter Axelsson, som diskret pustade ut, medan sminket i den relativa värmen började rinna nerför ena kinden. Sedan stod de en stund och tittade sig omkring alla fyra, beundrande även Rembrandts tavlor, varefter Tegelkrona och Axelsson långsamt och utan brådska gick ner till bottenvåningen igen. När de nått dit vinkade de åt de två flickorna, som satt där bakom glasrutor, som just skulle till att säga något, när de två äldre männen vände på klacken och återigen gick upp för trapporna. Med snabba steg nådde de åter tredje våningen, gick in och förklarade för vakterna, att det var betydligt bättre om anslaget om tystnad stod nere i ankomsthallen.

De två professionella säkerhetsvakterna från *Pelican Securitus* höll med om att det var ju bättre, avsevärt bättre, och så plockade Tegelkrona och Axelsson under överinseende av de två med batongerna ner tavlan och bar den ner i ankomsthallen.

– Ni kan ju ringa ner till receptionen och säga att vi flyttar anslagstavlan.

– Exakt, sa den unge vakten.

Penslar, täckfärgburk och textschabloner, som Tegelkrona köpt på Banduro Hobby för 274 kr, slängdes av Edward in bakom en liten balustrad, på samma våning som Rembrandtutställningen, invid en staty gjord av Per Hasselberg. Väl nere i entrén bar de därefter den s.k. anslagstavlan förbi de tyst gapande unga kvinnorna i receptionen och ut i kapprummet, förbi schaktet med det nerrasade golvet, som för tillfället var täckt med brädor och plywood.

– Grejar med anslagstavlan! ropade Edward över axeln, lite extra andfått.

Lester i sin uniform svängde ut med ena höften, så att nyckelknippan där skramlade lite extra.

Väl inne i kapprummet lämnade Tegelkrona Axelsson där bland kläderna. Axelsson var försedd med en sådan där behändig universalkniv med indragbart blad. Edward återvände till kvinnorna och frågade dem, om de inte möjligen hade en liten välkomstmatta, röd, eller en medellång, som man kunde rulla ut utanför, för filmens skull.

Det hade dom. Om det var nåt de hade, så var det röda mattor!! Tegelkrona fick snart en, - de ville ge honom två - gick med den, lätt stönande och släpande, till Axelsson, som i kapprummet väntade med den utskurna målningen, den av Tegelkrona hastigt med svart färg och text övermålade.

– Ska vi hjälpa till? hade en av de unga flickorna som återvänt till sin plats bakom disken ropat efter Tegelkrona, som alltså inte gick ut med mattan, men drog den rakt in i kapprummet.

– Inte! Det här klarar Sture! hade Tegelkrona - som föreställde regissören Turn und Taxi - då ropat över axeln, bestämt. Vi ska MÄTA!

– *Plan A.* viskade Tegelkrona till Lester (som han nyss kallat för "Sture") i kapprummet. De rullade in duken in i den röda mattan, den ena i den andra, och vandrade ut genom entrén med mattan, för att nu – som de sa – prova den röda mattan utomhus för filmens skull. En fotograf skulle snart komma kilande över från teatern, sa de.

De båda behövde alltså aldrig använda Konstmuséets bakfönster, plan B., men gick bara med mattan, upp för den lilla trappan invid Konsthallen, till skåpbilen på Skyttegatan och åkte så därifrån med detsamma.

Inne på muséet började det nu sakta gå upp för vakterna, att en Rembrandt faktiskt, på något konstigt sätt, saknades, hur det nu gått till.

– Touché. sa Tegelkrona när de båda efter Korsvägen svängde in på Eklandagatan. Lester satt bakom ratten, och de sig för att forsla tavlan, som fortfarande befann sig inrullad i den röda mattan, liggande bak i skåpbilen, upp till Kulturgatan.

KAPITEL SEX.

Johnny Twilfit har hela väggarna fulla med färgsprakande tavlor samt minns sin far, eller behåller honom i minnet, genom en egendomlig detalj.

Johnny Twilfit bodde på Fjärde Långgatan. Huset där han bodde tillhörde de få som inte, helt i onödan, rivits och ersatts med fyrkantiga, av geometrin och Moderniteten inspirerade, köpelägenhetskolosser. Hans egen lägenhet låg alltså i ett äldre hus, ja, det var t.o.m. byggt på 1800-talet. Lägenheten låg på tredje våningen mot gården och hela utsikten bestod av denna gård, i vars mitt det stod en lind. Samt delar av taken tvärsöver. Lägenheten som bestod av två rum och kök, var fullsmockad med gamla oljemålningar, inköpta på loppmarknader. Dels hängde de på väggarna, i fyra rader, likt i en ramaffär, eller just som på en loppmarknadsvägg, dels stod de i travar lutade där det fanns plats för dem att stå. Ty Johnny hade som stora och nästan enda hobby att gå och fynda oljemålningar. Dyrare oljor än för 500: - köpte han aldrig.

Johnny var lång och hade ljust snaggat hår och såg trevlig men något vek ut. Han var närsynt och bar glasögon, stålbågade, runda. Ibland hade han små hornbågade, med rökfärgade glas, - för att dölja blicken. Osäker och klumpig. Han drack gärna, ofta och mycket. Mest vin och starköl. Allt oftare blev det numera starksprit, då han mådde illa av och blev mer bakis på vin. Han var mycket ensam. Det stod, som man säger, nästan skrivet "LOSER" på honom.

Johnny brukade – utan att riktigt själv veta varför - säga att han hade varit militär. Han var 27 år, såg ut som 22, och han hade i själva verket knappt gjort lumpen. Ett halvår hade han varit i Skövde, på pansarregementet, men han hade lidit av så svår ångest att man hade skickat hem honom efter en månad. Han hade dock hämtat ut sina kläder från klädförrådet och sitt vapen, och lärt sig hur man sätter ihop och plockar isär en k-pist. Men sen var det inte mycket mer. Vid en skytteövning hade patronerna fastnat i loppet. Kamraterna hade tyckt att han var konstig. Dessutom hade han blivit dålig i magen. Ja allt hade blivit fel.

Men han glömde aldrig lumpen. Det var något oemotståndligt tilltalande – för Johnny - i det, att leva ett liv, där folk talade om vad man skulle göra, och så gjorde man det, och det var allt. Att det var bra och tillräckligt så.

Johnny hade sedan "läst på" universitetet. Säkert sju, åtta olika ämnen. Men han hade inte tenterat i ett enda. Engelska, praktisk filosofi, Sociologi, Oceanografi, Litteraturvetenskap, Spanska, Sanskrit och Kinesiska.

Sen hade han då blivit arbetslös. Och försedd med en massa studieskulder också, vilket gjorde allt dubbelt värre.

Nu, vid 27 års ålder, var han djupt deprimerad. Han såg på tv hela dagarna, drack öl och drömde sig sedan bort. Han reste inte. Han hade nästan inte råd med nånting.

Under viss möda hade han lyckats ta körkort, men egentligen trivdes han inte med att köra bil. Han

46

hade den ganska förnuftiga uppfattningen att det var farligt, eftersom det kunde komma någon dåre och köra på honom.

Ibland på kvällarna kunde han slinka in på strippklubben intill å en annan av långgatorna och se dansöserna klä av sig till musik. Det fanns visserligen massor av avklädda flickor på nätet, men här på denna klubben var dom levande, och man kunde tala med dom efteråt. Något mer än att prata med dom gjorde inte Johnny.

Hemma på den halvantika gröna byrån, i vilken han hade sina underkläder, t-shirts och skjortor, stod i en liten guldram ett färgfoto han hade tagit i smyg av strippan Anna när hon dansade. Man fick inte ta kort på såna ställen som strippklubbar. Om vakterna såg det, så blev man slagen gul och blå. Bredvid färgfotot av Anna, som Johnny låtit printa ut från sin mobil på en printer som stod till tjänst på Clas Ohlson, låg en kniv i bakelithölster, en kniv som han köpt på loppis på Bellevue. Kniven påminde honom om lumpen. Man hade visserligen inte haft nån kniv i det militära, inte i hans förband i alla fall, men kniven var ett vapen, och den påminde i kraft av detta om lumpen.

Johnny var egentligen både begåvad och känslig, och han reflekterade då och då självständigt och originellt över livets egendomligheter.

Ibland stirrade han på kniven och insåg att den på något sätt förändrade rummet. Det var något konstigt med kniven. Det fanns andra knivar. I köksslådan låg knivar, som var ännu skarpare än den som låg på byrån. Men kniven på byrån var till för att bära på sig, i skärpet.

Att bära kniv var ju olagligt. Ibland bar Johnny ändå kniven på sig. Det kändes bra att ha på sig kniven. Han hade den ofta i innerfickan på kavajen.

Men detta med kniven var kanske i grunden mer komplicerat för Johnny. Det skall vi ha klart för oss. Johnny var ingen psykopat. Nästan Johnnys tidigaste minne var då han hade suttit i sin pappas knä. Pappan hade varit sjöman, ja styrman, och hade varit runt hela världen på sjön. Lille Johnny hade hållt om pappans hals, och så hade han märkt att det var en liten grop där, på sidan av halsen.

– Vad är det? hade han frågat.

– Det är ett ärr.

– Vad då för ärr?

– Det var en gång i hamn, hade nu pappan skrattat. Han var ofta glad när han var hemma. Du förstår, det kom fram en indian, sa pappan, en riktig indian, med en stor kniv och högg efter mig. Jag hann nästan hejda hugget, men inte riktigt. Indianen hann rispa till med kniven på halsen där. Sen tog jag kniven från honom, kastade den i hamnbassängen och bar iväg med indianen till polisen. I Los Angeles förstår du. Han fick flera år. I finkan.

Pojken hade knappt förstått hälften, men att pappan hade blivit stucken av en indian hade han förstått. Och överlevt. Sen hade pappan köpt en kniv, en större kniv, en morakniv och haft den hängande på väggen i flera år. Men den kniven hade försvunnit.

Ofta när Johnny såg på kniven, som han alltså köpt själv, och som han också haft upphängd på väggen ett slag, så hade han tänkt på pappan. Och han hade ibland t.o.m. undrat varför i all sin dar han kopplade samman kniven med pappan. Det var ju inte samma kniv. Han tänkte på en del av vad han läst och undrade om det var något *oidipalt* med det hela. Ville han innerst inne DÖDA pappan? Nå, pappan var sedan länge död. Han hade dött i magcancer för ett par år sedan, eller rätt många år sen nu, när Johnny var arton år, så något sådant kunde det väl inte vara? Mer kanske att han istället längtade efter honom. Fast han visste inte. Men en kniv? Varför en kniv? Absurt. Men ändå inte. Pappan hade levt livet minsann! Eller så inte. Kanske det var en myt i alla fall, eller också, att alla som varit på sjön levt livet. Johnny vände och vred på sina argument. Pappan hade aldrig nånsin haft något riktigt intressant att berätta. Inte något reflekterat. Det var ofta som det där med kniven.

Så hade han avsevärt senare fått reda på, att pappan inte alls blivit stucken av nån indian i nåt slagsmål. Han hade besvarat samma fråga som han fått från Johnny, men då från sin hustru, Gun-Britt, men då med den sanna versionen, som var mer prosaisk. Han hade helt enkelt fått en böld på halsen som jungman, en böld som han låtit operera bort. Pappan hade alltså skämtat med Johnny.

Johnnys konstintresse var stort. Han hade ett gediget, helt eget och gott skönhetssinne. Ofta satt han och såg på sina väggar medan han drack starköl och samtidigt lyssnade på klassisk musik på P2. Visserligen stördes han av kommentarerna om musiken. Man kunde ju inte tala om musik, menade Johnny. Men man fick stå ut med det, för musiken var ju bra. Ofta, men inte så ofta, gick han även på stadens konstmuséum. Det bästa han sett var en utställning med Gauguin. Sådana färger!! Det var några år sen nu.

Han hade betalat 100 kr i entré, utöver musei-kortet på 60 – han jobbade då på Posten, på sorteringen - och tog så hissen från fotografiska upp till tredje eller fjärde våningen. Väl uppe hade han gått in i tre halvmörka rum, samtliga bevakade av uniformsklädda vakter. Spänstigt stegade han omkring, och tänkte att det just var Gauguin han nu skulle se, ty van Gogh och Bernard, som också företräddes i denna visning, var dock båda mindre artistiska ljus. Hela studiet förhöjdes till en början märkbart av att de tre väktarna, som rena, snygga, nyktra och med fullständigt klara ögon betraktade honom i sitt livré. Johnny – det kan tilläggas - inbillade sig ibland att han var någon annan. Just nu hade han inbillat sig att han var en bättre och mer intensivt reflekterande person än han var. Ett riktigt ess. Nu var det dessutom så att de tre salongerna med dyrgriparna var försänkt i halvdunkel. I ett ljud lätt förskutet åt det violetta. Han tyckte nu att det väl dels var lite "overdo", och tavlorna säkerligen i sina hem – ty detta var privatverk - hängde i vilket ljus som helst. Men här, här hängde nu – det kom han på utan att behöva förställa sig – faktiskt tavlorna så illa och var så egendomligt fel belysta att han blev totalt förskräckt. Varje tavla var belyst av två lanternor, s.k. spotlights, så att de fick en platt och glanslös yta. "Begriper de ingenting?" tänkte Johnny. En ung blond kvinna från någon slags konsttrust iklädd en "liten svart" fanns också där för att svara på frågor och, vid förekomster av grupper, leda grupper ikring bland 1880-talets frukter. Bakom en skärm visades även i ett utrymme med stolar en film om Gauguin.

Det var nu Johnny började resan i Gauguins inre. Stående på tåspetsarna var han nu bara fem centimeter från Gauguins tavla föreställande ett landskap. Elegant hade Gauguin infogat sitt typiska orangea i tavlan i ett litet timglasliknande fält. Mycket lite färg. Johnny glömde sin person ytterligare en dimension och tog ett steg tillbaka och sökte nu i ett enda andetag få in hela tavlan i själen, njuta av harmonin och av G.s i alla avseenden säkra blick. Johnny tänkte: "detta är för själen."

Och varje del här, tänkte han, hade något av en helhet, som han förstod. Och det var härligt. Han fick dock tänka sig mer ljus. Han tänkte, att om nu tavlan hade fotograferats (vilket var förbjudet i de tre rummen) så hade man ljusat upp den i Photoshop. Alltnog. Några, två trodde han, av G.s tavlor var från Tahitiperioden. Då visste han, att han nu hade något så enastående framför sig, som två tavlor, som inte bara var målade där, av snillet självt, men med färger som var framställda och rivna på ön. Enligt uråldrig sed. Johnny hade läst om detta i konstböcker. Gauguin hade vid målandet av dessa – en av tavlorna var mystisk, med sagofigurer, samt med en lite minihäst i hörnet …, och Gauguin hade bara använt fyra färger och blandat dem till alla andra. Och en var på kartong, och en tempera.

Johnny satte sig på en bänk i en av salarna, negligerande de fem övriga åskådarna, varav två talade Engelska. "Jaha" tänkte han och stirrade oavvänt på en tidig van Gogh, där ingen minsta del var överflödig, - "bättre än så här kan det inte bli!" .

Han var nöjd och tavlorna kändes som vänner. Otroligt härligt. Om det nu hade varit mer ljus. Han gick nu till en vakt och frågade om man verkligen inte fick ta ett kort med mobilen. Nej. Det fick man inte. Åter en vända bland verken. Ack, dessa små verk! Ty små var de. Om man nu kunde gå hem och ta fram lite färg. Han kunde ju inte själv måla. Nej, gömma dessa bildskatter i sitt inre. Han såg åter på väktarna och tänkte nu, tvärtom mot för en stund sen, att det hade varit skönt om de försvunnit. Det kändes som om han själv, Johnny, tittade på något medan "pappa" såg på. Helsicke också. Hur gör man? Han ville inte se på Gauguin och bli betittad vid skådandet! Men det är ju omöjligt att be dem gå. De har betalt för att vakta.

Nu stod han framför en tidig Gauguin med en pojke på en säng, pojken vänd mot väggen. "Nu känns det bra." tänkte han. "Varför då? Jo för att jag såg på nån som var frånvänd. Väktarna såg min rygg, och jag såg på pojkens rygg på tavlan."- "Jaja" tänkte han, "jag är inte klok, och dessutom drack jag kaffe på *Paley´s,* och ingen talade med mig, och dom ville jag skulle gå". Nu stod han i lugn och ro och såg på pojkens nacke. Denna nacke! En sån fin tavla! Kanske Gauguin fick motsvarande en 1000 kr för den? Kanske bara 250 kr. Vem ägde den nu? Blick på blick. Rum i rum. Pojken sov. Allt en dröm.

Åter gick Johnny till Tahitibilderna. Här i muséet var allting lycka. Sublimt. Såg åter på en liten grön häst i ett orangefärgat hörn av en tavla. Detta är ju otroligt! tänkte han igen. "Bättre än så här blir det inte!" Så sökte han spara bilden i själen. Om livet bara var en tavla! Tänkte han. Om allt var en tavla!

Lilla orangea fält. Lilla, lilla gröna häst.

Så hade han sedan gått den långa vägen hem till Fjärde Långgatan, i dåliga skor, några halvtrasiga Oasics som han köpt på loppis, även dom.

Hemma satt han och lyssnade på musik. Bud Powell. Han såg också på kniven, som låg på byrån i sitt röda fodral med sitt fernissade gula träskaft.

KAPITEL SJU.

Rekapitulation av ett Interregnum.

En tid av amorf omorientering och skräckblandad förtröstan inför t.ex. ett nytt och bättre liv, ett nytt paradigm eller ett nytt rike kallas ibland för *"interregnum"*. Och en sådan tid av spänd väntan på det nya okända inföll nu hos både Tegelkrona och Axelsson, under tidsrymden mellan kuppen i november och till den tid i februari, då Axelssons unge kompanjon, Brottlund, av misstag lämnat ett brev i Edwards brevlåda. Detta misstag fick Edward falskeligen att tro att Lesters tålamod, förmodligen delvis under påverkan av främmande kemikalier, tröt, och att denne skulle fått för sig att "segla ensam". Så hade ju alltså inte varit fallet. Allt detta redde så småningom upp sig, och man kunde efter ett tag skratta åt det. Dämpat. Men misstaget skulle ändå få fullkomligt ödesdigra konsekvenser.

Under denna tid på tre månader hände givetvis åtskilligt, och de båda tjuvarna arbetade hårt, och med spänd entusiasm, sida vid sida. Och detta, det mer tekniska i kuppen, förtjänar att redovisas, innan berättelsen tar sig an den – i mångas tycke kanske – betydligt mer sexiga fortsättningen. Låt oss alltså gå tillbaka till själva stölddagen igen:

Så snart tjuvarna var hemma på Kulturgatan igen på eftermiddagen vid tretiden efter den stora kuppen, var det ju väsentligt för dem att ganska snabbt få bort all den svarta täckfärgen med den vita texten från sin Rembrandttavla. Edward hade här, enligt anvisningar redan i RMBRNDT, förberett badkaret hemma hos Lester på detta med en dekokt, och duken lades där och sen penslades den efter hand och avtorkades av Edward försiktigt så att all täckfärgen försvann. Det skedde med en noggrannhet som var påfrestande till och med för denne själv. Under tiden som detta pågick sminkade Lester snabbt av sig. Det var viktigt att åtminstone någon i teamet var presentabel, om det skulle ringa på någon på dörren. Sen gick dock Lester ut och körde iväg den stulna bilen några kvarter bort och ställde den på en öppen parkering, låste den, plockade av de falska plåtarna och promenerade hem. Han köpte lite mat på vägen. Väl hemma så fann han Edward klar med avfärgningen och tavlan hängdes nu upp till tork på en torr och mörk plats, blott under lite svag bearbetning med rumsluft av en bordsfläkt.

Sen ställde man all utrustning för rengöringen av tavlan ned i källarförrådet, låste detta, och först därefter sminkade nu Edward av sig sin Bergmanutstyrsel. De var båda extremt nöjda, och pustande och lyckliga satte sig vännerna i de blommiga fåtöljerna. Lesters fåtöljer var elegant och excellent ljust storblommiga. Man slappnade av med var sin *Maderia Fine* och slog på tv och radio för att invänta nyhetssändningarna.

På nyhetsfronten tonade man emellertid ned det hela med stölden, då alla förutsatte att tjuvarna, som bedömdes vara rena amatörer, snart skulle vara fast och tavlan snart återförd till muséet av polis *et consortes* till massans förnöjelse. Så brukade det ju alltid gå med den här sortens kupper, menade man i SVT. Tavelkupper var alltid, *a priori,* och i enlighet med sin förutsättning, misslyckade kupper. Varför

54

någon alls ägnade sig åt att stjäla berömda tavlor, det var något som erfarna kommentatorer, konstexperter och krönikörer alls inte förstod, eftersom det helt enkelt inte gick att förstå. Något mer meningslöst kunde man inte ägna sig åt! Det fanns enkelt uttryckt ingen marknad. Så berömd och dyr konst var för het, och så vidare och så vidare ... "Endast en galning ..." o.s.v., o.s.v. "Enbart en komplett galning...". Edward och Lester satt sen framför både text-tv och laptop och läste och läste. Inget i detta ärende uppenbarade sig. Inte första och inte andra dagen. Och inte sedan heller. Tro sjutton det! Lester och Edward hade ju tavlan.

Tavlan fick vara hos Lester på Kulturgatan, för enkelhetens skull, och de båda återgick så småningom till sina vanliga sysslor, Edward till sitt måleri och sina promenader över Annedal och sina små skriverier om konst och Lester till sina affärer med sina spelaktiviteter på nätet, sina besök på Saluhallen efter god ost och annat. Onlinecasinon och ost var hans passion.

Efter ett slag tog Edward också temporärt med Rembrandten till sin lägenhet, som han inredde som en miniateljé, där han med viss möda gjorde ett flertal kopior av tavlan, ty, som han sa: "Den målare är inte född, som inte är intresserad av Rembrandt, och vill undersöka hur en Rembrandt är gjord. Hur mycket mer då jag, som skrivit en hel bok om Rembrandt". Mödosamt var det, men givetvis också lärorikt. Att kopiera hade han inga problem med.

– Det är viktigt, sade han också till Lester, ja, det är framför allt viktigt, detta med att aldrig vara pretentiös. Mycket kan förlåtas, ja allt kan förlåtas, utom möjligen det att vara pretentiös. Folk som går omkring och hänvisar till högre värden hela tiden, dem skall man verkligen akta sig för! Så hade Edward vant sig vid att - högst pretentiöst - hänvisa till det icke-pretentiösas överhöghet.

Lester instämde, men hade ju ändå alltid den uppfattningen, att det ändå fanns vissa människor, som Ludwig van Beethoven, Herr Schubert och Pablo Picasso och andra som var i en annan klass, och som inte kunde bedömas utifrån samma måttstockar som andra. Det fanns en avgrund mellan vissa människor, i begåvning, tyckte han. Det var dessutom, enligt Lester, ofta väldigt synd om dessa fantastiska människor. Extra synd. Speciellt trodde han att de led av att bli gamla. Just dom. Att hela mänskligheten, utom de som dog unga, råkade ut för samma sak bekymrade honom här inte. Dessa konstnärer representerade helt klart, dessutom, vilket var en lite annan och än viktigare sak, högre värden. Denna Lesters uppfattning, vilken alltså bestod i en uppdelning av mänskligheten i två olika klasser, hånades, närhelst tillfälle gavs, av Tegelkrona, som menade att Lester givetvis tyckte så, för att han innerst inne ansåg, att han själv tillhörde den geniernas skara, om vilka man alltså måste tycka väldigt synd. Och bakom hela filosofin fanns, menade Tegelkrona, även ett försök att urskulda bruk av vissa starka smärtstillande och uppiggande substanser. "Det enda geniala med dig", sa Edward så till Lester, "det är väl att du har överlevt att bli överkörd av en bandvagn!" Ty det hade Lester blivit i lumpen.

Kopiorna som Tegelkrona gjort av Rembrandten blev katastrofalt misslyckade och de kunde inte användas till någonting. Inte ens till bedrägeri. De var alla koncentrerade på att framställa den rultiga Saskia [Rembrandts kombinerade älskade fru och duktiga modell] i så positiv dager som möjligt, och alla kopiorna, vilka voro tre till antalet, såg nästan ut som om någon skämtare varit inblandad. Saskia såg ut som en modern fotomodell, och som hon gapskrattade, helt medveten om fluktaren bakom gardinen. Men Tegelkrona hade använt moderna penslar, modern färg och moderna dukar från Kornérs på Engelbrektsgatan. Dessutom var färgskiktet och lacken på kopiorna inte behandlad så att den såg patinerad ut. Det kunde man ju förstås om man ansträngde sig åstadkomma med diverse metoder. Men man kunde inte bara skylla på modern färg och brist på ålder. Tegelkronas tavlor såg enklare ut i färgfälten. Samt i linjen. Nu var det Edwards tur att tycka synd om sig själv. Det goda med denna självömkan var bland annat, att det ytterligare sporrade de två tjuvarna till att realistiskt söka göra en god affär med tavlan. Tavlan, Rembrandts, kunde inte under några som helst omständigheter bortses ifrån, varken som mästerverk eller som dyrgrip. Rembrandts snille hade fortplantat sig genom seklerna. Ända till ett hus på ett berg i Göteborg.

KAPITEL ÅTTA.

Vi introduceras här till medborgare Karl Bertil, Bertie, Korallgran och till hur denne lockats ge sig in i brottsliga affärer, av sin egen ärelystnad, även han.

O m man nu har som högsta önskan att bli rik före trettio, utan att tillföra någonting nytt själv, då kan man först och främst inrikta sig på de människor som redan har pengar. Som alla vet så är det så att om man inte är rik vid trettio, så är det låg sannolikhet att man någonsin blir det. Nå. Sen får man välja om man vill *associera sig med dem som har pengar*, vilket är svårt, om man alltså inte har något att erbjuda själv, vilket man oftast inte har, eller ta sig för att *lura av dem* alla pengarna. Detta är oftast inte är helt lätt. Ofta gör man dock bådadera, det ena först och det andra sen. Hur som helst är det viktigt att kunna fantisera, planera, socialisera och manipulera. Om man gör så, ja, då kan man, om man ha tur, bli rik. Som ni märker så är rikedom mycket lik en ren hallucination. Så som en hallucination tar sig in i ett medvetande, så tar sig en människa till världslig rikedom.

Den unge Karl Bertil, Bertie, Korallgran från Göteborg, som på nätet gick under ett ganska löjligt alias, nämligen *Mr. Great*, var rik, men ändå inte riktigt rik, inte i status. Han hade lite svårt med socialiseringsbiten. Men han besatt alltså ändå många egenskaper som gjorde det möjligt att bli rik.

Han var inte särskilt kunnig i någonting, men väldigt snabb och skarptänkt, och man sa att han saknade samvete. Så hade han redan i unga år bestämt sig för att kapa och sälja internetdomäner. Kapa, sälja och även pressa folk. Pressa effektivt. När han beslutat sig för detta märkliga sätt att ta sig fram här i världen, så fann han lätt på nätet en viss Vorderverstedt, eller en som kallade sig så, en yngling, boende i V****** under namnet Andersson, som mot en billig penning konstruerade ett program, som, *med ren automatik* och stor list, handlade med domäner. En robot med andra ord. Robotens värld är den med störst potential för dem som vill begå brott, säger man allmänt. Robotar är dessutom de absolut mest medgörliga "individerna". De saknar totalt samvete. Ja det är så egendomligt med robotar, att hur man än anstränger sig, så kan man inte på världs vis förse dem med något sådant. Att använda ordet "intelligens" i samband med robotar är givetvis rent faktiskt helt fel, men det är givetvis intelligent av människor att använda ordet i manipulationssyfte, men det är till exempel ingenting som en enkel robot skulle kunna hitta på. Men en smart.

Till det yttre såg Bertie ut som en gymnasist, en lång, ung man, två meter, med djup röst, med stor blond kalufs och små öron som låg vackert intill det välformade huvudet.

Bertie beställde programmet för domänhandle, fick det och flyttade det till egen ägo, och i skymundan, i en garderob, och via en mängd *fake*-identiteter så ägde han nu, tillsammans med en vän, en viss Ali Nasser, c:a 40%, aktuellt värdemässigt, av samtliga domäner på hela det internationella, världsvida internetet, av de domäner som tilldrog sig intresse i den aktuella handeln av de mest intelligenta robotarna. Även domäner är ju dynamiska, i så måtto att man kan hitta på ett oändligt antal domännamn och att domännamn kan bli ointressanta av en slump. Vorderverstedt vart betald, och han byggde sig en sommarstuga i Askersund eller i Kalmar eller i närheten.

Mr. Great beslöt nu själv, eller tillsammans med Ali Nasser, att han ville ge sig in i mer nobla sammanhang, så att han kunde leva ett mer njutbart rikemansliv. På ett helt annat sätt än man gör genom att vara en skum domänhandlare, där en robot i en garderob eller källare utförde arbeten, och allt skedde i olagliga rymder, och där man, som *Mr. Great* fann sig sitta på pengar som man aldrig betalt en krona i skatt för.

Den skyltverksamhet han därför drev var ett pyttelitet webhotell, med skyhöga priser och obefintlig service. Men det var i alla fall en liten registrerad firma, *webbeliwebben*, dit han kunde stoppa lämpliga intäkter, och ha något presentabelt i sifferväg att visa för myndigheterna.

Det är nu så, åtminstone än så länge, att förbrytare, som har sin utkomst av nätbedrägerier generellt bland kriminella själva har en något lägre status, än de, som begår sin brottslighet lite mer öppet, med större risker och med mer flärdfulla mål än att räkna in pengar på diverse skumma konton, från folks id:s och kontokort, o.s.v.

Så satt nu den envetne Bertie Korallgran alltså med en ansenlig förmögenhet, svart, som han inhöstat genom domänaffärer av det ljusskyggaste slag. Helt olagliga, och förkastliga, om ni frågar mig. Han behövde skaffa sig en yttre fasad, som gav honom tillgång till det vackra livet och det ljuva, utan att folk bakom hans rygg undrade varifrån alla pengarna kom. Ett steg på denna väg ämnade nu Bertie ta genom att söka inköpa diverse konst, som cirkulerade i den undre världen, och som cirkulerade där, för att den var stulen. Om han fick tag i riktigt stor konst, så kunde sådana affärer vara av den digniteten, att han, genom den, kunde förhandla sig till eller köpa sig till en ställning i något av de mest ansedda börs- eller It-bolagen i Storbritannien eller USA. Så sökte han dagligen upplysningar om lämpliga konstkap på nätet i olika sinistra fora.

Bertie hade parkerat sin bil, en grön Audi, - som han avskydde att köra: ja, han hatade att köra bil - utanför sin bostad på Engelbrektsgatan, ett av Göteborgs värsta blåshål, och stod nu och tittade på en duva, som bara hade ett ben. Duvan satt på en liten avsats intill porten där Bertie nu snart skulle gå in.

En stund stod Karl Bertil och stirrade på duvan.

– Konstigt djur, sa han till sig själv [Han kunde gott ha sagt: "Stackars duva!"] och halade upp portnyckeln ur fickan, ty det var ett gammaldags hus, och Bertie gillade, ibland, det som var gammaldags. Man rår oftast inte över vad man tycker.

KAPITEL NIO.

I vilket vi inte rör oss bland samhällets toppar. Här är vi nu åter i Gullbergsvass, ombord på en båt, en pansarbåt, som luktar lätt av olja, ruttet trä och ärgblandad duvspillning. Det är här samling på en båt.

Nu inträdde, med ett förfärligt oväsen, buller och skratt, lille Theo i båtmässen, i kabyssen, hos Didrik i dennes egen kanonbåt. Det var förmodligen av obesmittad kärlek som den lille sprang in genom kajutans öppning och fram till den lönnfete raggaren och grep tag om dennes båda jeansbeklädda ben. Didrik lekte sedan förtjust med den lille, som passade på att sticka in handen i hålen som fanns på jeansknäna och kittla honom på låren. Tegelkrona reste sig, log varmt och äkta och hälsade både på Theo, som tog i hand och bockade så håret flög, samt på modern, den smala och ständigt småhuttrande dansösen, med en kropp som en isprinsessa, hon som var klädd i en alldeles förfärligt ful fodrad vinterjacka. Det var en lång, rutvadderad rock, ljust skär, med en stor huva som hängde och slängde på ryggen. Hon hade också matchande skära, exakt lika fula, vindtygsvinterhandskar.

Anna log, nästan professionellt med sin eleganta lite sneda amorbåge mot Edward, och denne ställde fram en stol åt henne och tittade bortåt kaffebänken efter en mugg till. Kokaren stod där och smattrade plötsligt helt sobert. Anna Constantia klagade förstrött över, att det var svårt att hitta vägen, och att hon hade haft svårt att köra ensam hit, och över det besvärliga i att inte förstå sig på GPSen i mobilen.

Hon kunde dock konsten att klaga på ett behagligt sätt. Hennes ord föll nästan som en lätt underhållning, utan att det var meningen. Kanske för att hon var ung. Anna Constantia var ju nästan alltid djupt allvarlig. När hon skrattade var det ett kort skratt av hysteri, och det handlade aldrig om att hon fann något humoristiskt. Men trots det behagfulla, så blev hon avbruten av Didrik som, efter att ha gett Anna en ömsint handpåläggning på axeln, sa:

– Jo, Edward här har hamnat i knipa, och han var mitt uppe i en berättelse.

Den med metall och diverse tatueringar i ansiktet fullbelamrade raggaren gav Anna en kopp varmt kaffe, samt rufsade henne i håret, som alltid tycktes vara spretigt, trots att det var kort, kanske vad man än gjorde med det.

Anna Constantias nästipp var illröd, ansiktet vitt, och det var ändå inte kallt, men det är givet, det var rätt tidigt på dan. Ingen hade kommit igång. Utom Theo förstås, som vilt klängde omkring i kabyssen på de oxblodsfärgade, smutsiga, galonklädda sätena längs väggarna och stampade i plåtgolvet, så att det ekande klang i skrovet. Allt på barns vis. Theo kollade dock lite på den mänskliga omgivningen efter varje hyss. Han höll på att lära sig leva. Det testades.

Anna hälsade i hand på Edward och log, både artigt och trevligt och varmt.

– Kul hamn denna här nere? sa hon till Edward, och låtsade inte om vad Didrik sagt om knipa.

– Ja den är både vacker och ett andningshål., svarade den gamle målaren.

– Om man ändå kunde åka bort! sa hon medan hon betraktade gubben..

– Yes, sa Edward och tillade: Till Söderhavet i kanonbåt!

Anna log och såg sig omkring. Didrik grejade med kaffekokaren, som var av äldre modell men fungerade utmärkt. Raggarens kläder, t-shirt, jacka och jeans var så ordnade, att när han gick omkring och donade bland kaffekopparna i kanonbåten, så kunde man se skinnet runtom hans midja, en midja som var mycket tydligt markerad genom blek fläskvalk. Detta fläsk hade lite nyansen av svål, vilket syntes egendomligt på en levande människa. Theo, bara klädd i en liten röd ylletröja, såg sig, frisk som våren, glatt omkring. Edward noterade allt detta med en glad förvåning och lycka.

– Ska vi åka ut med båten? Ska vi? undrade Theo, och de små fingrarna spretade okontrollerat av glädje åt alla håll, för att sen först begravas först i hans egna kinder och sen i mammans arm.

– Vad för knipa? undrade Anna Constantia slutligen, som visste en del om knipor från sitt eget egendomliga, halvlagliga arbete ute i samhällets mest grumliga och dessutom både groteska och livsfarliga felmarginal.

– Det kan vi tala om senare, sa Didrik och tog samtidigt en stor pensel ifrån Theo, en pensel som denne funnit under en brits och som dignade under tyngden av spindelväv och damm...

– Nä. Det gör faktiskt inget om vi berättar det hela. log Edward, som tyckte om hela sällskapet han hamnat i, alla tre. Vi kan kanske hålla det på en nivå, så att inte de små öronen förstår vad vi talar om? sa han.

Här pekade han också förklarande med höger lillfinger åt Theos håll. Lester nickade bifall med en min som om ingenting hade varit naturligare.

– Okey, som du vill, sa Didrik.

Sen berättade Tegelkrona för Anna och Didrik hela den häpnadsväckande historien, men använde ett slags kodspråk, så att dessa två vuxna förstod, att det handlade om en tavla av Rembrandt, medan det för Theo föreföll att handla om de pepparkakor, som låg i en trave på ett fat på bordet, samt en annan pepparkaka, som råkat bli stulen. Tegelkrona hade så lätt för att berätta, och det beredde honom inte minsta svårighet att berätta på det sättet, i två nivåer, så att det både blev informativt för Didrik och Anna och enormt underhållande för Theo, som aldrig i sitt liv hade hört en så fantastisk och samtidigt helkonstig pepparkakssaga.

Tegelkrona berättade, under det hans rödflammiga lilla rödvinsnäsa guppade och han med ena handen underströk, genom att lätt slå till i bordet, vissa detaljer, allt om hela kuppen. Historien löpte hela vägen från det Axelsson och han själv lämnat Johanneberg med sina munderingar, tills de satt säkert i Axelssons lägenhet på Kulturgatan i Johanneberg, tvättande rent tavlan, beaktande en kommande försäljning. Nu var givetvis både Didrik och Anna, efter att först varit skrämda, i eld och lågor.

– Vad kan den vara värd? Pepparkakan? undrade Anna, lite besvärad över kodspråkets ytterst banala form.

– Men du sa, att Axelsson meddelat dig, att ni nu var påkomna? frågade Didrik nästan samtidigt.

– Exakt. Lester skickade ett brev till mig igår, med privat bud, där det stod: "Vi lägger ner affären. Snuten vet allt. Stick hemifrån! / L."

– Var är pepparkakan då?

– Jag tror den är på hans vind, på Kulturgatan, insydd i hans gamla resårsäng.

– Det är något som inte stämmer här. sa Didrik. Varför skulle du sticka hemifrån, om det är han som har tavlan? Varför ringde han inte, utan skickade ett bud … med ett BREV?

– Han var väl rädd för avlyssning, sa Edward.

– Han kunde väl kommit själv? sa Didrik.

– Det hjälper väl inte att sticka hemifrån, sa Anna och här höjde hon på sina ögonbryn, som var rätt tjocka. Denna höjning av brynen var bland de få uttryck hennes ansikte hade.

– Ja, allt är konstigt. Men Lester är ju van vid stölder, sa Edward, nu trevande.

– Pepparkakan är ju gömd. Men varför har ni inte planerat det bättre med just pepparkakan? undrade Didrik.

– Vi tyckte, att det skulle vara omöjligt för någon att knyta den till oss.

– Det är aldrig omöjligt, sa raggaren och drog i en av sprintarna som satt genom hans underläpp. Men, tillade han med tonlös röst, hur vet du, att han inte blåst dig, den där Axelsson?

– Det vet jag inte, svarade Tegelkrona snabbt och med eftertryck. Det är ju det också! Jag vet inte vad som pågår alls… Men det är ju i regel lönlöst att ha den utgångspunkten, att ens vänner sviker en. Men visst. Det är ju också därför jag berättar för er, för att jag inte vet vad jag skall tro.

Edwards röst hade här, för första gången darrat. För sitt inre såg Edward Lesters magra ansikte.

Här blev det nu tyst för första gången på en halvtimme. Endast ljudet från när Theo lekte med sin mobiltelefon hördes, mobilen på vars olika sidor han monterat en magnet och några skruvar, vilka han allihop hade hittat på ett arbetsbord i kabyssen. Mobilen fick nästan ett eget liv av detta, troligen beroende på att magneten och skruvarna samspelade med en APP, som kanske installerats av just magneten och skruvarna, på ett knappt upptänkligt sätt. Så kunde man nu höra mobiltelefonen med hög röst sucka, och med en egendomligt levande röst. En suck-app hade tydligen installerats. De tre vuxna blängde nu häpet på barnet och på mobiltelefonen. Sen tappade Theo alltihop i golvet och mobilen tystnade. Mobilen var nu helt trasig. Theo började då gråta. Anna plockade upp honom och tröstade. Didrik hämtade en ny mobil från en låda i kabyssen och satte in SIM-kortet från den trasiga i den "nya" och gav den till Theo.

– Så pepparkakan är på vinden? sa Anna retoriskt. Hon sneglade hastigt tacksamt mot Didrik. I en säng

66

bara? fortsatte hon. Didrik och jag kan gå dit och se efter. Särskilt om din kompis också bara har stuckit. Om han bara ber dig sticka så kan han ju inte själv vara hemma!?

– Du har två nya vänner nu, sa Didrik. Eller två till. Vi vet ju inte än. Allt kan ju vara ett misstag eller en fint.

Didrik var välorganiserad i tankeapparaten. Varför var han alls utkastare på en strippklubb?

– Så går det när man har pengar eller saker som kan förvandlas till pengar, skrattade Tegelkrona, som bad att få tänka på saken. Sen tillade han:

– Det sorgliga med Lester är, att han har en självbild av att han är just tjuv. Han kanske ... ja, jag vet faktiskt inte.

– Varför är det ingen som äter upp pepparkakan? frågade Theo plötsligt, Theo, som nu kommit på att man kunde dra dragkedjan upp och ner med magneten, som han åter tagit upp, och därför gjorde det. Han tog därefter en pepparkaka från fatet på bordet och stoppade den i munnen.

– Hur skulle allt betalas av köparen då? undrade Didrik som nu skakade på huvudet och letade efter en cigarett åt Anna, som till råga på eländet rökte sådana.

– Pengar och diamanter och lite annat i en bank-box, tänkte vi, sa Tegelkrona. Här svävade han lite på målet. Man behöver ju inte berätta allt. Vännerna på båten var trots allt bara Noon halvtimme gamla, som vänner.

– Hur kan man bara sälja en sådan tavla ..., sa Anna.

– Allt ordnar sig, sa Edward vagt.

– Vad gör vi? summerade Anna klokt, och i tonen fanns nu både misstänksamhet och trötthet. Anna var van vid att saker och ting aldrig blev ens i närheten av vad man hade föreställt sig. De enda trygga två företeelser hon hade mött i sitt liv det var Didrik och kanonbåten.

Edward sneglade på flickan. Hon i sin tur slog ner blicken så att de långa ögonfransarna täckte halva kinderna och tittade i golvet. Hon skämdes lite. Det var ju nu inte hon som hade problem. Det var ju den gamle mannen med rödvinsnäsan.

KAPITEL TIO.

Hur Edward och Lester hoppfullt förhandlar med sakförare Berg, vars tillvaro uppenbart visar sig cirkla mycket kring Elvis Presley.

Om det nu var vår på gång, så märktes det inte. Ofta började ju inte heller våren alls nu i februari. Man kunde ibland få vänta till maj. Säkert var det dåliga vädret en bluff. En skenmanöver. Det hade man sett förr! Hade det varit vackert hade det också varit en bluff! Sådana skenmanövrer var dock en viktig del av vårens finhet i sig. Utan både tvekan och lurendrejeri, utan dessa skenmanövrer, så skulle inte våren alls vara vad den var. Det vanligaste är ju att det bara behöver bli lite fint väder i februari, och så talar alla om våren. Detta visar, hur gränslös optimistisk och förväntansfull människan är, som art, och hur lurig våren är. Utan optimism och förväntan skulle inte människan vara vad hon var.

Nu var det inte vår, men det snöade.

Innan episoden med brevet som kommit till fel adress och ställt allting på huvudet, så hade Edward och Lester tillsammans vidtagit diverse steg, för att försöka få valuta för insatsen. Tavlan var på vinden, och i utsikt att få miljoner för den, så kändes det GENUINT VÅRLIKT för Edward och Lester, när dessa en vecka tidigare tagit buss arton ner till stan. Lester hade nämligen kommit att tänka på sin gamle vän från tiden på Skogome fångvårdsenhet, blocket för bedragare, enklare hälare, pantbedragare, växelförfalskare och identitetsrånare, sakföraren Berg. Ty Lester hade ju bland annat suttit på Skogome.

Denna dag, som hade varit en onsdag tidigt i månaden, var det tre eller rent av fyra grader i luften. Berg hade sitt kontor beläget på Södra Vägen. Dit tog sig Edward och Lester till fots från Avenyn. Under promenaden noterade de, fnysande, att man hade monterat ner den grönmålade urinoaren utanför gamla *Hotell Park Aveny.* Outgrundligt att man plockat bort den runda lilla järnkuren! Den hade varit alldeles utmärkt. Den hade tjänat Edward och Lester, och halva Göteborg, i över femtio år. Så förändrades tiderna, och stadens politiker, och alla andra med, fattade rätt vad det var egendomliga beslut och ändrade plötsligt hela spelplanen för både pissenödiga fulla karlar och andra. Man hade givetvis på högre ort funnit kuren ful, vilket den kanske också var. Lite otidsenlig i stilen. Eller rentav ful. Men att plocka bort, utan att ersätta en ny central järncicelerad nödbyggnad! Jaja.

– Sådan är kapitalismen, sa Edward kort.

Lester skrattade först, ty han var i grunden godmodig, men spottade sen ilsket framför sig, medan

de båda svängde in på Södra Vägen. Lester var god-
modig till naturen, men ett halvt livs flitiga bruk av
amfetamin hade gjort saken annorlunda. Han var näst-
an sjukligt mager, men hade kraftig benstomme. Han
liknade ett vandrande skelett. Men ett starkt sådant.
En hög knotor driven av ande. När de båda kamrater-
na nu sneddade över en bit gräsmatta invid det höga
hotellet var Lesters rörelsemönster också karaktärist-
iskt för en gammal missbrukare av just amfetamin:
kroppen rörde sig ryckigt, och ibland drogs axlarna
plötsligt upp, nästan i höjd med öronen, i en våldsam
spasm. Han märkte vanligen inget av detta själv, men
formligen skuttade fram, intensivt, med vevande väns-
terarm och med beslutsam, lätt stickande blick. Både
Lester och Tegelkrona tänkte hatiska tankar om stads-
planerarna. Lester gick, sporrad av ilskan, snart långt
före Edward, som kom schavandes en bit bakom, mot
Bergs portuppgång.

Edward var ovanligt tyst, och han var orolig.
Varför skulle man lita på Berg? En kåkfarare. Och
framför allt en okänd. Och en med juristutbildning!
Lester litade han obetingat på, och Edward ansåg,
tvärtemot många andra, att Lester även var smart utav
helvete! Edwards rankning av andras begåvningar var
helt udda.

Hur kunde man nu lita på Berg? Undrade han.

Det fanns en fördel, som Lester omsorgsfullt re-
dogjort för Edward om, när Lester nu kläckt DENNA
plan. Lester hade nämligen Berg helt under tummen.
På anstalten hade det framkommit bland internerna
ytterst graverande upplysningar om Berg, om att
denne, som satt inne för förskingring, hade försnillat
pengar från en sjuk kamrat till Lester, en kamrat som
nu sedan ett tag var död. Av detta hade det inte blivit

70

någon legal affär. Lester kände alltså nu till detaljer och hade bevis rörande hur Berg skinnat hans stackars vän, en viss "Bräket" Alfredsson. Så kunde han, inom vissa gränser, vänta sig att Berg helt lojalt, om än nödtvunget, ställde upp just precis allt efter hans, Lesters, egna önskemål. Allt Lester behövde göra vid förhandlingen med Berg var att yttra ordet "Bräket". Ty redan på Skogome hade Lester antytt för Berg att han visste om detaljerna. Och vad han önskade i nuläget, när han kom tillsammans med Edward, var att Berg, mot en god slant i betalning, skulle arrangera ett säkert betalningsalternativ i en schweizisk bank för köparen av Rembrandten.

De två vännerna ringde på i porten. Man hade gjort upp om mötet dagen förut per telefon. Diskret. Utan att nämna något om vad allt handlade om.

Richard Berg, ingen som helst anknytning till den kände målaren, som en gång gjorde det kända porträttet av den sjuke Fröding i sängen, var en man i femtioårsåldern. Han var storväxt och hade stora glesa kolsvarta polisonger och en gammaldags frisyr ´a la Elvis Presley. Han var klädd i grå flanellkavaj och cowboyboots, och hade alltså ett litet kontor på fjärde våningen i ett av de äldre hus, som lutar sig ut över Södra Vägen med hälften av fasaden och med den andra hälften ut över en angränsande gata. Alla sådana tvärgator löper bort mot Gårda. Kontoret var placerat just i det smått vaterade hörntornet och därinne var ljust och trevligt vad interiören beträffar. Väggarna var kala, men vitheten på väggarna var satt i en behaglig dager.

– Hej, sa Berg, fientligt, när Edward och Lester steg in genom den tunga dörren efter att Lester hade knackat två korta.

– Lugn lugn, försäkrade Lester, som naturligt nog förde ordet. Låt mig berätta först innan du kommer till några förhastade slutsatser.

– Ja, jag fattade inte ett dugg av vad det rörde sig om när du ringde igår. Att vi nu skulle göra upp våra affärer en gång för alla? Berg såg helförbannad ut.

– Ja, i positiv mening, sa Lester, som ju vad gällde strategi och elegans i tänkandet ibland inte alls stod sin vän Tegelkrona långt efter.

– Det gäller 30 miljoner, tillade han, och han hade slipat och gnott på denna replik länge och väl, och var nu oerhört spänd på reaktionen på den ifrån den gamle förskingraren.

Berg såg på honom, pressad och under halv-slutna ögonlock och tog sen fram ett A4-papper och en enkel bläckpenna av modell *BIC* och lutade sig tillbaka i den knirrande snurrstolen, som stod i motljus från fönstren i tornet, så att Edward och Lester, som satt sig i två diminutiva fåtöljer klädda i papegojgult, nu plötsligt endast såg konturerna av Elviskopian, konturer som endast skulle låta de två betraktarna ana sakförare Berg. Lester fortsatte, låtsat obekymrat:

– Vi, Edward och jag, skall sälja en mycket dyr målning till en klient i London. Han är villig att betala exakt trettio millar. Men vart skall nu kontanter och diverse ädelt grus delivereras.

Lester använde alltid detta uttryck "delivereras", eftersom han ansåg att det i ett svep beskrev hans humor, i det de på samma gång utgjorde denna humor, som ju i sig är ett starkt bevis på en positiv avvikelse från ett enkelt och barbariskt sinne.

– Det ordnar vi lite i etapper. Det finns pålitliga kurirer. Allt kan ordnas! sa Berg, nu mer bestämt än argt. För den som betalar. I sådana fall är det etapper som är lösningen.

Varken Edward eller Lester begrep ett dugg det där med "etapper". Edward tänkte att Berg med detta försökte få övertaget.

– Du får en miljon, sa Lester, och hickade ofrivilligt till. Han hade inte tänkt sig en så stor summa egentligen. Den bara slank ur honom. Edward rörde inte en min.

Silhuetten framför dem ryckte till och sen hörde Lester orden:

– Okey. Vi kör på det. Men inget nonsens. Jag har inte tid att ödsla tid på nonsens. Jag sonderar.

– *Sure thing.* sa Lester. Här knäppte han på ett särskilt sätt med fingrarna, som, åtminstone för Berg, illustrerade det förhållandet att om inte Berg levererade, så var det nog dags för Berg att krypa in i cellen igen. Lester kunde delivrera.

Sen hade de båda vännerna lämnat tornvåningen, som de i trappan kom överens om att de inte ville bo i. "Jag vill överhuvudtaget inte bo på Södra Vägen" hade Edward sagt.

˙ Det är ju ganska viktigt var man bor.

KAPITEL ELVA.

Edward fattar ett livsavgörande beslut.

T egelkrona såg på sin klocka, såg att den redan var tre, och sen på sina vänner. Didrik och Anna satt sida vid sida vid kabyssbordet och Theo sprang, med det ljusa håret yrande kring tinningarna, omkring och pillade på inventarierna.

– Vad säger du själv? sa Didrik. Vill du ha hjälp med att finna pepparkakan, eller har du gett upp det hela?

Edward blängde lite tillbaka som svar. "Gett upp." Man kunde väl inte ge upp om man var eftersökt. Han funderade. Visst kunde det nu vara så, att Lester hade lurat honom. *Men på sitt sätt då*! Man kunde aldrig fullt och helt räkna på Lester. Det var sant. Å andra sidan kunde man aldrig fullt och helt räkna bort Lester, heller. Det var nu detta som komplicerade saken. Eller som kanske i slutändan räddade den. Sådana förhållanden krävde verkligen sin man att lista ut, tänkte Tegelkrona och såg djupt ner i kaffemuggen, där det i bottnen på denna simmade rester av kaffe tillsammans med en reminiscens socker, säkerligen urgammalt socker från något militärt surplusförråd.

Saken var att det kunde vara så här: *Lester försökte segla ensam!* Detta betydde att han just nu kontaktade nån köpare, medan givetvis målningen var kvar på vinden! Eller att i själva verket Berg också var inblandad. Att allt var Bergs idé. Och Lester var nog

74

kvar i Göteborg, och inte i Danmark eller i Norrland. Och han själv, Edward, var förmodligen *INTE jagad*, men hade helt i onödan trasslat in sig i allt detta besvär med att överleva ute i Gullbergsvass. Men - å andra sidan – hade han inte fått två ganska så underbara vänner på kuppen? Eller tre då? Han sneglade på Theo, som vaket och målmedvetet drog ut gnisslande lådor ur en golvfast hurts, som var monterad under de brunröda galonsätena längs kabyssrummets sidor.

– Ah! Jag tycker ni ska vara med på ett hörn, sa Edward. Jag är givettvis lurad av Axelsson, avgjorde han. Om ni hänger på och hjälper mig med min del, så delar ni två och jag lika med avseende på den delen. Men låt mig sköta Axelsson, för han är som han är. Är ni med på det, så åker vi hem till mig och till Axelsson och kollar om pepparkakan fortfarande är där?

Didrik nickade och såg sen frågande på sin flickvän, som nu visade antydan till ett leende, och så var alla nu ense.

– Bra, sa Tegelkrona. Man måste se efter var man står!

– Jaja, sa Anna lågt, klippte med sina långa konstgjorda ögonfransar och snöt sig i handen.

Därefter reste de sig från bordet och började alla fyra krångla på sig sina respektive vinterjackor.

Då plingade det till i Edwards telefon.

Det var sms:et från Lester som slutligen kommit igenom Tele2s nät, efter något oförutsett krångel i någon masttopp.

Edward plockade upp mobilen, öppnade *Meddelanden* och tryckte upp det senaste, som ju kom just från Lester, vilket annonserades i Samsungen med den bild på en leende Lester med en *Bellman Siesta* i

75

mungipan, som Edward placerat invid dennes namn. Där stod:

"Så ledsen. Skickade dig ett brev som var avsett för en annan. Allt är okey här med allt. Läget som förut! Hör av dej! Snabbt! Sorry! Sorrry! Les."

Edward läste sms:et högt, samtidigt som han läste det för sig själv. Didrik och Anna hojtade, och blev vilda av glädje. Anna klappade händer, och Edward kunde inte hejda sig i glädjen över att både få Lester tillbaka, samt över att få se Anna så glad, hon som alltid annars såg ut som en levande skugga av sig själv.

– Så kul bara alltså! ropade Anna.

– Detta är ju inte klokt! ropade Edward och sprang fram till Didrik och kramade denne. *Ha!!*

Tårar fyllde Edwards ögon.

Anna kramade om Theo. Sen sprang de glada alla fyra, via de skrangliga bryggorna över gamla skorven *GG Sagoland,* för att sen mitt i det bleka vårvinterljuset ute på kajen ta sig till Annas svarta *Nissan Micra,* för vidare transport till Kulturgatan, där Lester förmodligen inväntade Edward.

Så fort de satt sig i bilen, så textade Edward till Lester:

"Kommer. Halvtimme./ A."

Annas ansikte lyste av glädje och ögonen tindrade när hon vred om tändnyckeln och Didrik log. Edward nästan grät och slog sig på knäna och Theo skrattade så han kiknade.

Edward såg ut över området de passerade, där det förut stått en stor gasklocka. Den var plötsligt borta.

Han visste det, han visste det, tänkte han, att Lester inte skulle lura honom!

KAPITEL TOLV.

Kommissarie Plungert och assistent Lantz sitter inför en besvärlig situation om än kanske inte just ett världshistoriskt problem.

Målningens abrupta försvinnande från Konstmuséet den där eftermiddagen i november hade givetvis orsakat det mest pandemiska tumult. Med detsamma man hade förstått ungefär vad som hänt hade flickorna i receptionen tryckt på larmet. Dörrar spärrades därefter, hissen stannade, automatlarm gick till polismyndigheten och de båda vakterna från *Pelican Securitus* sprang som yra höns ner i ankomsthallen, upp till Rembrandtrummen, ner i ankomsthallen, ut i kapprummet, upp i Rembrandtrummen, ner i ankomsthallen o.s.v., tills de slutligen båda två, omfamnandes varandra i den allra djupaste mänskliga förtvivlan, satte sig att gråta i trappan, just invid receptionen, där de två unga flickorna, Therése och Desirée, ringde till alla ytterligare nödinstanser de kunde komma på. Inklusive till sina mammor. De hade visserligen en nöd- och en katastroflista, men var den fanns visste ingen. Man hade aldrig haft någon stöld. Och nu en i öppen dager. Mitt framför ögonen på dem. De hade förmodligen *sett* tjuvarna bära ut tavlan!! Desirée, som var mest känslig, hade i villervallan vält ut en hel liten burk Stesolid på golvet i receptionen och låg på alla fyra för att försöka rädda dyrbarheterna.

Polisen kom snabbt till platsen. Redan efter tjugo minuter anlände kommissarie Viktor Plungert med sin assistent, den intensive Norbert Lantz. Lantz begav sig till Rembrandtsalarna tillsammans med sina två assistenter.

Intendent Schwartz var ju bortrest till Bilbao, men denne kontaktades snabbt av Therése på *Skype*. Nu kom det också journalister *en masse* i flockar av bilar. TV4 anlände till exempel i en jeep, som syntes gjord nästan bara för detta ändamål. Den hade både kameror och strålkastare på taket, samt även en megafon. Även BBC kom. Dom hade varit på en konferens på Gothia Towers som handlat om handelsrelationer i samband med Brexit. Nu sadlade man i ilfart om till kriminalreportage. Kommissarie Plungert fick ställa upp för kameran, intervjuad av både rikskanalers toppreportar och alltså även brittiska.

– God dag! Välkomna till denna improviserade presskonferens, sa Plungert. *Wellcome!*

– Idag klockan 13.23 råkade västvärlden ut för en av vår civilisations största katastrofer någonsin. Vi blev av med en Rembrandt, en skiss i olja, ett förarbete, som vi i Göteborg lånat av en trust. Plungert suckade och återtog, på Engelska: *Today ladies and gentlemen we were subject to a disaster, a paramount disaster. We were very much unfortunately so robbed of a painting by the late Rembrandt.* Endast frågor …

Här drunknade Plungerts röst i den brittiske reporterns frågor.

Då gick poliserna in och fortsatte sitt egentliga arbete, utan att besvara några frågor. Pressbilarna stannade någon timme men körde sen iväg, tutande.

KAPITEL TRETTON.

I vilket berättas hur Bertie Korallgran, som vanligt, äter sin enkla lunch på restaurant Tintin.

Snön föll nu åter på tisdagskvällen i stora flingor ner över Engelbrektsgatan, som var upplyst av gungande gatlyktor, av jättelika balkongdekorationer från det förmodligen avslutade julfirandet, samt av lampor i diverse butiksfönster. Från Kornérs konsthandel kom till exempel ett speciellt blekt sken, som antydde att konsten levde, om än med flämtande låga. En modeaffär underströk sobert att allt har sin korta tid, inte bara konststilar men även klänningsmoden och väskmoden. Ett café i ett hörn syntes allra mest vulgärt, med sina upplysta fönster vända sig till enbart människor som ville synas, ty bord och fönster var arrangerade så, att man såg cafégästerna i helfigur. Spotlights var anbragta så att ansiktena lystes upp från två håll. Ytterligare en annan affär var, med stora röda neonslingor tända, inriktad på att sälja billiga stövlar som sträckte sig upp mot knät. Allt i denna affär var av prima läder, och man kunde tänka sig, att just denna affär var en affär som med viss tillförsikt beredde sig på att överleva konkurrensen från internet, ty det är så med skor och stövlar, att sådana behöver man prova för att de ska passa.

Kornérs konsthandel hade, om än för närvarande en blek kopia av sig själv, varit en försörjningsanrättning vad beträffar dukar, färg och penslar åt Göteborgskoloristerna och andra målare under storhetstiden för länge sen. Om denna tid vittnade bland annat två väggar med självporträtt i olja, kanske tvåhundra stycken – storlek ungefär 25 gånger 30 centimeter - från den gamla tiden, då målarna inte hade vare sig *Swish* eller *Mastercard*, men ofta betalade för konstnärsmaterialet med en liten snygg målning istället. På den gamla goda tiden var det aldrig någon skam att vara fattig eller inte ha pengar. Kunde man måla eller sjunga, då var man nästan kung i staden.

Karl Bertil Korallgran hade nyss uppe i sin våning, ovanför restaurang *Tintin* på just denna gata, på *trenchchat* - via *darknet* - fått nys om den Rembrandt som tycktes finnas någonstans i Sverige, och som såldes för en så löjligt blygsam summa som 30 miljoner kronor, varav något i kontanter, vid en snabb och diskret affär.

Konst av denna dignitet kunde visserligen inte, om den var nyss stulen, inte i första leden – då allt var hett - betinga mycket mer än 30 miljoner, men ändå. Här hade nu Bertie god hjälp att i sin tur skaffa köpare till tavlan via alla de kontakter han skaffat sig genom sin domänhandel. Han hade ju faktiskt blivit god vän med några av dem han kapat domäner av, eftersom han frikostigt bytt fot i förhandlingarna med dem, och inte bara erbjudit dem domänen fritt tillbaka, men dessutom lovat att försämra för konkurrenterna till dem, som bonus, eller bjudit in dem till samarbete i kaperiet. En på det viset erhållen vän var den unge bankiren Niclas Furenkreutz, en festfixare i London.

Furenkreutz skulle själv komma till Göteborg och sammanstråla med *Mr. Great himself*, om nu detta alldeles nya och fantastiska med en sådan sällsynt dyrgrip blev av. Han ville givetvis så enormt gärna ha en Rembrandt. Hans lycka vore gjord om svensken kunde fixa fram den, och för en så löjligt liten summa som 100 miljoner SEK, dessutom. Ty det var den summan som Bertie hade nämnt till Furenkreutz. Men Bertie ville förutom att få betalt själv helst även bli involverad i Furenkreutz övriga affärer. Kanske ett partnerskap, så kunde han gå ner lite i pris. Allt var av intresse för Karl Bertil, som önskade ha andra partners än bara en robot i garderoben och andra robotar i andra garderober i andra delar av världen. Internet kunde vara mördande tråkigt också.

Lite omkostnader skulle det givetvis bli. Bland annat för de indrivare som han nu på studs måste skaffa sig. "Hitmen", säkerhetskillar, ett par hårda typer med nävar, snabbhet och pistoler. Varför inte bröderna Grundtstedt från Hjällbo? Tänkte Bertie. Dom schabblade inte i onödan. Det var dessutom i sådana här sammanhang väldigt bra med bröder. Bröder höll oftast obrottsligt ihop.

Bertie hade denna snöiga vardag, efter samtalet med taveltjuven, lämnat sin lyxlägenhet på Engelbrektsgatan, en femrummare, som han egentligen inte trivdes i, och var för stor, men som imponerade på de människor han släpade upp dit då och då. Nu satt han så på fiket, intill ett fönster mot gatan, alldeles nedanför sin våning, på *Tintin*, en 24-7-restaurang som serverade, bland allt annat smått och gott, en utsökt pyttipanna, som var gjord enbart på nöt. Med rödbetor.

Få bilar kom körandes på denna gata. Det var ju kväll. Och vinter. Det var väl så där två-tre grader kallt.

Bertie beställde en sådan där pytt – med lite extra färsk rå lök till -, och ett glas lättöl, av den purunga, blonda, ytterligt fåfänga, glasögonbehängda servitrisen, som svängde med sin bakdel och lade huvudet på sned, än åt ena än åt andra hållet. Och även uppåt. Som om hon med detta ville säga, att hon ännu var väldigt ung och väldigt vacker och att det ju var en härlighet och roligt. Han trängde sig ännu längre in i sitt hörn, såg sig omkring, tog upp mobilen och slog sen numret till Grundtstedts.

Korallgran sneglade, där han satt, rak i ryggen, uppåt väggarna, där det hängde flera stora inramade papptavlor med tintinäventyrsmotiv. Bertie hade aldrig fattat det superba med *Tintin*. *Tintin* som figur alltså. Vid bordet intill satt två män och talade handboll. Ett sådant samtal! Helt infantilt, tänkte han. Sen insåg han snabbt att hans tänkande nu passerat fel gränser. Det var faktiskt i stort inte mycket här i världen som föll Bertie i smaken, utom hans egna affärer. Ibland tyckte han t.o.m. själv att det var en smula groteskt. Som nu. Vad var det egentligen för fel på handboll? Bertie korrigerade sig själv. Så märker ni nu att Bertie ägde en flexibel och storsint hjärna och att han även hade hjärta nog att måna lite om sig själv.

Strax intill satt en ung man och läste en bok. Bertie sneglade. Mannen såg ovanligt tanig och blek ut. Han läste Gauguins *Intimate Journals*, på Engelska. Det var i själva verket Johnny Twilfit som satt där och läste. Johnny var ju en orolig typ, och ofta gick han ut på caféer ensam och satte sig att läsa.

Johnny sneglade sig, också han, närsynt om-kring. Det fanns inga ensamma flickor som satt på Tintin denna dag. Det var mest flickor han tänkte på.

Bertie tänkte egendomligt nog inte numera så ofta på kvinnor. Ibland lite på Anna. (Just som Johnny gjorde, vilket inte Bertie hade en aning om.) Och Bertie tänkte på, att han faktiskt hade en son. Lille Theo. Han hade redan från början ordnat span på Anna Constantia. Hon hade också ju honom på telefon och berättat att hon var gravid, och att han var fadern. Han hade bara slagit ifrån sig, sagt att hur kunde hon veta, att det var han … med tanke på, ja, hennes lite märkliga levnadssätt. Hon hörde sedan aldrig på minsta sätt av sig. Anna Constantia var stolt, och en ganska förnuftig tjej. Fast lite depressiv kanske. Hon var en sorglig figur, tänkte Bertie diffust.

Han betalade en lösdrivare - han kände många sådana - vid namn Ingmar Medvind en summa, för att då och då kolla upp att hon och sonen hade det bra. Eller i alla fall inte hade det dåligt. Så var Medvind ibland med sin Porsche i Kortedala, ibland på *Nya Vegas*, ytterst diskret, och så visste Bertie det mesta om Anna.

Vid ett bord borta på motsatta väggen satt två turister. De satt tydligen och småskojade. De talade engelska. Replikerna föll ungefär varannan minut. Bertie förstod inte vad de höll på med. Nu gick signa-len i telefonen äntligen fram till Grundtstedt. Grundt-stedts, som bodde på samma adress, svarade:

– Tja.

– Tja. Bertie här! Det gäller en affär.

– Jepp, sa Ville Grundtstedt.

– Kan du möta mig, tillsammans med din bror, Lasse var det va?…, hemma hos mig om en timme

ikväll? Vi skall kika lite på en tavla uppe i Johanne-
berg. Ta med en bil.

– Klockan åtta med en Volvo, sa Ville.

– Åtta blir fint, konfirmerade Bertie och knäppte
snabbt av Ville.

– Lester Axelsson, mumlade Bertie sen tyst för sig
själv, medan han sneglade ut genom caféfönstren där
det i snögloppet drog förbi några EU-immigranter
med svarta stora blå IKEA-plastpåsar på ryggarna och
färggranna trasor virade runt anklarna.

Bertie sneglade på sin telefon. En gång hade han
läst en ganska daterad bok om en häst, en bok han ärvt
av sin far, skohandlaren Nils. Boken hette *Svarta
Hingsten* av Walter Farley och handlade om en Alec.
Hingsten hade under sin uppväxt en stallkamrat, och
det var ju bra, ty det är ju inte alls nyttigt för hästar att
växa upp ensamma. Och stallkamraten var en åsna.
Åsnans namn kom Bertie ihåg, ty åsnan hette "Tele-
fon". Så tänkte han på åsnan, när han nu såg på sin
telefon.

Han saknade sin barndom. Allt hade varit roli-
gare då. När hans mamma levde. Bertie tänkte på sin
äldre bror, som var byggare i Stockholm.

Bertie reste sig sen och gick.

Johnny satt kvar och läste. Han drömde sig bort.
Efter hand blev det nu mindre och mindre folk på den
lilla restaurangen. Johnny sneglade på servitrisen, som
dock inte var ett dugg intresserad av honom, men hon
blinkade förstrött bakom sina glasögon.

När hon passerade, medan hon dukade ut, sa
Johnny i alla fall, plötsligt:

– Du har inte lust att ses?

– Kanske det, sa flickan och log lite.

84

Så dumt, tänkte Johnny. Hon var ju inte intresserad.

KAPITEL FJORTON.

Tre män samlas kring en målning med ett guldregn på gjord av ett världsberömt målarsnille.

Anna Constantia körde efter samtalet på kanonbåten på måndagen lätt och flinkt via Skånegatan och Korsvägen upp de båda männen till Kulturgatan, i sin bil varefter hon sa adjö till dem, då hon ville åka hem med Theo, men hon bad Didrik ringa och berätta hur allt framskred. När hon så gett sig av, med Theo vinkandes från barnstolen till Didrik, så begav sig Edward och Didrik till Axelsson. Edward ägde en nyckel till Lesters, liksom Lester hade nyckel till Edwards lilla enrummare på nummer 14. Men nu ringde Edward på porttelefonen. Det var ju liksom en slags nystart nu. Efter ett uppklarat missförstånd.

Nyckel till Lesters vind hade Edward emellertid ingen.

De fick svar i porten, åkte hiss upp, och Lester stod leende och väntade dem på femte våningen. Han studsade givetvis vid åsynen av den för honom helt obekante Didrik, som, stor och bred, nickade kort.

Så steg de tre in hos Lester, som verkade skuldmedveten och ursäktade sig för sitt misstag med brevet, samt undrade vart Edward tagit vägen under tiden efter han fått brevet. Edward berättade medan Didrik i största allmänhet såg sig omkring i lägenheten. Didrik promenerade omkring, inte som om han var på inspektion, men mer som om han beundrade eller var intresserad av lägenheten. Det var han nu inte. Han undersökte den. Lester var givetvis medveten om detta, och medan han med förvåning lyssnade till Edwards långrandiga beskrivning av Gullbergsvass sneglade han surt efter Didrik.

Edward hade sjunkit ner i en av Lesters två härliga, breda, blommiga fåtöljer och såg, efter att ha berättat klart, extra tankfull ut. Lester stod nervös upp invid tv:n och Didrik hade plockat åt sig en pinnstol från köket och placerat i öppnaingen mellan köket och rummet, där han nu satt, beredd på att lyssna till tjuvarnas överläggning om fortsättningen. Han kände sig självpåtaget lite som Edwards livvakt. Lester litade han inte på. Varför visste han inte.

Slutligen invigdes Didrik i hela planen med försäljningen av tavlan, vilken skulle ske genom Berg.

Efter en timmes prat om Rembrandt och sakförare Berg, så var nu alla tre överens om, att det nog skulle bli en hejdundrande vinst alltihop och att de kunde alla sen flytta till en paradisö i Atlanten eller Västindien. Även om försäkringsvärde inte alls var lika med försäljningsvärde av stöldgods "på gatan". Lester hade nu bjudit på Urquel och alla drack och sen sa Lester att han gärna ville träffa Anna Constantia och Theo, så nu bestämde de sig efter en liten stund att åka spårvagn ut till Kortedala och fira med en liten fest. Ingen av de tre ägde ju någon bil. Rembrandt hade det bra där han var. Han var på vinden, nämligen. Ingen utomstående hade ju blekaste aning om var tavlan fanns.

– Fast jag har haft kontakt med en kille, igår, medan du var borta. En Bertie. Han ville köpa tavlan. För 100 miljoner. Men jag trodde honom inte.

Edward och Didrik studsade.

– Hur då?

– Jag annonserade på nätet. En Rembrandt till salu. Och så ett telefonnummer. Men det var ju ett nytt SIM-kort.

– Men när du talade med Bertie, vad var det för telefon du använde så? undrade Didrik.

– Ett kontantkort, som jag slängde i hamnkanalen. Hela telefonen slängde jag med SIM-kort och allt. Det gjorde jag nån timme efter.

– Och du sa inte var du bodde.

– Jag sa det, men bara gatan. sa Lester. Inget namn.

Didrik sjönk ner som en säck potatis på sängen igen.

– Va!?

– Ja, men det är ju bara en gata!

– Och hur många tror du har suttit på Skogome för bedrägeri på denne gatan då? nästan skrek Didrik på göteborgska.

Det blev tyst i lägenheten. Man kunde höra håren vifta av och an i männens näsborrar och se håret vitna på Edward Tegelkrona. Sen sa Lester:

– Troligen en enda. Så dumt! Helkorkat. Jag hade *bråttom.*

– Otroligt, sa Didrik kort.

– Djävla korkat. Jag hade inte bråttom mest. Jag hade tagit några …

– Knarkare, sa Didrik tyst och insåg att hans misstänksamhet mot Lester i viss grad varit befogad.

Så stannade nu de tre männen där de var, och funderade på vad i helskotta de skulle göra. Didrik ringde till Anna och berättade om hela katastrofen. Hon bad dem vara försiktiga. Theo kom till telefonen och frågade när pepparkakorna kom. Tegelkrona hittade på den enda bokhyllan i lägenheten en gammal EP – d.v.s. *Extended play* - med Connie Francis, samt en grammofon i den ganska propra lägenheten, på vars golv det låg en ofantligt stor och tjock, stulen, matta. Snart hördes från högtalarna *Lip-stick on your collar.*

– Vem ÄR Bertie? frågade Edward. Vem erbjuder 100 miljoner? Det är ju nonsens! Fullständigt nonsens.

KAPITEL FEMTON.

I vilket det långsamt avstannande polisarbetet gällande Rembrandten beskrivs översiktligt och i detalj efter detalj.

Polisen i Göteborg och Västra Götaland hade under spaningsledare Plungerts satt upp en särskild grupp, som skulle inrikta sig på att reda ut tavelstölden. Man hade, för det första, givetvis koncentrerat sig på att förhöra vittnen, för det andra plockat åt sig kamerorna i muséet och för det tredje inlett den konkreta tekniska brottsplatsundersökningen, och där bland annat gjort vissa fynd av DNA på den tavelram, som befanns stående bakom kapporna i kapprummet. Vi talar om ramen i vilken Rembrandts tavla suttit, och från vilken duken blivit utskuren. Men DNA: et var lite blandat. Inget DNA på den tycktes heller matcha någon känd brottsling.

När Lester arbetat med tavlan hade han haft handskar på sig. Vilket alltså här visade sig betydelsefullt. Så kanske DNA.et kom från Edward, men denne förekom inte i några som helst register. Edward hade hela sitt liv varit nästan löjligt laglydig. Om uttrycket tillåts.

Spaningsgruppen befann sig på tredje våningen i Polishuset vid Skånegatan, där Plungert också hade sitt rum, både i egenskap av kommissarie och förundersökningsledare. På muséets övervakningsfilmer kunde Viktor Plungert, Lantz och de andra konstatera att de två tjuvarna, och bedragarna, hade haft på sig ganska så vidlyftig ansiktsmaskering, ja så stora var nu mustascherna att de båda männen, som lyckats med den fräcka kuppen, såg närapå bara komiska ut. I alla fall på filmerna, som inte hade bästa kvalitet.

– Hur i all sin dar kan man ha släppt in dessa cirkusfigurer? undrade den helt upprivne Plungert och vred sig som i smärtor i den regissörsstol han satt i.

– Exakt, sa Lantz.

Plungert och Lantz gick nu igenom sina anteckningar från förhören. De båda flickorna i receptionen, Desirée och Thérése, hade inte haft mycket att berätta. De båda vakterna, Charlie Nilsson och Shakira Khan, var båda skamsna näst intill självförintelse. Dessa hade inte många år i tjänsten och fann att man hade båda brustit i uppmärksamhet, samarbete och eftertanke. De bedömde enstämmigt sin egen insats som lågvalid. Man var dessutom troligen nära att förlora jobbet. De två visste att de skulle för all framtid betraktas som ett skämt i säkerhetsbranschen. Det bästa vore att byta jobb. Men det var ont om jobb, trots att man sa att det var gott om olika arbeten. Det var ont om jobb man ville ha. De förstod inte att de hade gått på bluffen. Hur de båda tjuvarna såg ut hade de svårt att säga. De hade dock talat göteborgska. Så mycket hade Nilsson och Khan att säga. För övrigt syntes ju deras yttre bättre på övervakningskamerorna än vad de mindes om förklädnaderna. Charlie och Shakira var båda nästan gråtfärdiga när Lantz var klar med dem.

Lantz hade satt sin närmaste man, en polis vid namn Lasse Petterson, på att spana på nätet. Det gjorde Petterson hemifrån, samtidigt som han passade sin fem barn. Hans fru, Mona, hade helt enkelt barn som sin affärsidé. På firmafesten på *Hotell Opera*, före detta *Hotell Kung Karl*, månaden förut, hade Plungert hånat familjen Petterson, vars barn var hemma med en svåger till Mona, för att de inte tänkte på miljön, och Plungert framhöll elakt att det var oansvarigt at "ploppa ur sig" en sådan "racka" (!) barn, helt i onödan, eller för att, som det nu var, tjäna pengar på dem. Helt gjorde Pettersons detta i avsaknad av hänsyn till att dessa barn skulle bidra till att föröda hela miljön, de rödlistade arterna, luften, haven och kanske rent av planeten skulle dö, som Plungert avslutade det hela, medan han svepte en *Cuba Libre*. Mona bloggade om sina barn, vilkas förnamn började på fem bokstäver som tillsammans bildade ett känt varumärke.

– Människan är också en rödlistad art, sa Mona då, medan hon drack en ren gin.

Lasse hade under den första tiden inte sett något på nätet som alluderade till någon försäljning av någon Rembrandt. Inte det minsta spår.

På övervakningskamerorna framträdde de båda männen, och Lantz och hans kollega, Kondrad, var imponerade över den rapphet och den konsekvens varmed man hade utfört stölden. Allt syntes mycket väl repeterat. Man var, motvilligt, imponerade.

Lantz bror, Allan von Lantz, en liten energisk karl, kom på besök på Polishuset. Denne sa, under det han vevade med sina mycket för korta armar, att man borde skriva en pjäs om tavelkuppen, sätta upp den på Stadsteatern och sen haffa tjuvarna, när de kom för att se teaterföreställningen, ty, sade Allan, som allmänt kallades "*Tokallan*", "det skulle dom aldrig med min fot kunna avstå ifrån att komma och se". *Tokallan* hade som *sin* affärsidé att prata strunt. Det hade gjort att han fick sjukpension, eller aktivitetsersättning eller vad man nu kallade det, för hela livet, och att han blev, av myndigheterna, placerad i personkrets 5:5, vilket berättigade till fri tandvård. Allan fick inget gehör för sin idé.

Kort sagt hade man inte ett enda spår efter tjuvarna. Spåren efter tjuvarna tillhörde också en rödlistad art.

Den ende misstänkte man kallade in var en känd tjuv vid namn Olle Olsson. Denne hade försökt råna juvelerarbutiken på Avenyn dagarna strax innan den stora kuppen. Men denne nekade, hickande:

– Vaddå Rembrandt? Den enda Rembrandt jag känner till är hon som spelar i damlandslaget.

– Hon heter inte Rembrandt, sa Lantz och såg ner i bordsskivan. Hon heter Sembrandt.

Man lät Olsson gå.

I själva verket var Olle en nära vän till Lester. Och Olsson var även i högsta grad bekant med Rembrandt. Han tillhörde de få mäniskor som läst Tegelkronas bok om den holländske mästarens linje. Olle målade själv, och då gärna ormar, ödlor och fåglar i bjärta färger. Han hade en sommarstuga på Styrsö.

KAPITEL SEXTON.

Edward Tegelkrona ordar om Rembrandt Harmenz van Rijn. En hel del berättas om Rembrandts värme och generositet.

Hemma hos Lester på Kulturgatan satt de två vännerna och diskuterade läget på tisdagen. Allting föreföll ytterst komplicerat. Man hade satt på musik på cd-spelaren som vanligt. Det lät som Johannes Brahms. Musiken tycktes violett. De två hade kommit överens om att man borde flytta tavlan från Lesters vind eftersom Lester nämnt ordet "Kulturgatan" till Bertie. Men flytten kunde ju observeras av någon, och då var allt förstört. Men hur lång tid skulle det ta för denne Bertie att lura ut att Lester och Edward var vänner, och kompanjoner? Så vitt man nu begrep var Bertie ingen lättviktare. Han var internetmiljonär.

Vännerna på Kulturgatan befann sig alltså i ett tillstånd av ambivalens. Ingenting här i världen tar så mycket energi som detta tillstånd. Det visste Edward, så istället för att nu låta sig själv och vännen fullständigt dräneras på krafter, så satte Edward igång med att tala om Rembrandt.

– Vad tycker du egentligen om Rembrandt som målare? frågade Edward sin amfetaminskadade vän, i den senares lilla lya på onsdagen framåt kvällen efter det de ätit falukorv.

– Jodå.

– Rembrandt var enastående bland annat i sin prestigelöshet, sa Tegelkrona. Istället för att maximalt dekorera en yta, så bjöd han, genom att variera energin, och genom att ofta presentera rätt så klumpiga lösningar på deltagandet i det rumsliga och det köttsliga, in oss alla åskådare i den mystiska gemenskapen. Ja, jämfört med alla samtida, så förfaller just Rembrandt vara den ende som inte dekorerar en yta, men som ger oss ett universum av värme att bo i. Minsta lilla teckning är ett sådant litet ömsint hem.

– Hm. Också vår tavla?

– Inte minst den.

– Skall jag hämta den? undrade Lester.

– Ja. När vi nu ändå, för en kort minut, äger en Rembrandt, så är det ju synd att den skall vara på vinden.

Tegelkrona hade en fallenhet för att breda ut sig i estetiska ämnen. Det var egentligen en last, ja som en drog.

Well! Tavlan var alltså på vinden. De gick nu båda upp till vindsvåningen, låste upp och in till vindsförråd nr.22 och öppnade såväl hänglåset som cykellåset vars vajer hängde över dörrens låsparti och över regeln i själva förrådet. De drog fram sängen, bakom en trasig motionscykel. Den lilla duken, väl ungefär endast metern bred, en liten lös och ömklig duk på vilken färgen förmodligen efter hundratals år endast hängde fast med ett nödrop, och nu dessutom efter hoprullning och allt, halades fram.

Så vandrade de två vännerna åter ner till Lesters apartment och satte sen mycket försiktigt upp den värdefulla duken på väggen med knappnålar och slog sig så ner i vars sin väldigt mjuk blommig fåtölj, Lesters stoltheter. De beundrade sedan, under det de strök sig över det lilla hår de ännu hade kvar på skulten, den gamla artefakten från sextonhundratalet.

– Med Rembrandt är det så, fortsatte Tegelkrona, *tongue in cheek,* att han är tilldragande genom sitt varma generösa sätt, liksom Velasquez är tilldragande med sin ängslighet, liksom Goya är tilldragande med sin ilska, liksom Picasso är tilldragande genom sin kompletta likgiltighet, liksom ... liksom grotesken är tilldragande i sitt sätt genom att vara fullständigt frånstötande.

– Man måste säga att du har fantasi, sa Lester, inte utan både ironi och beundran, och sträckte sig i detta nu, fortfarande sittande i fåtöljen över halva rummet efter en mustaschsax. Lester hade liksom Tegelkrona mustasch, men Lesters var smal och välklippt, och skulle ha godkänts av vilken Mulla eller Imam som helst. Det skulle inte Tegelkronas ha gjort, som den å det syndigaste, i testar, hängde ner över munnen, särskilt då på vänster sida. Den var nästan alltid var belamrad med diverse äggrester och sådant från frukost och lunch. Det var väl förmodligen mycket som en Imam skulle invänt mot både Tegelkrona och Lester, och sannolikt skulle även påven ha ett och annat att invända, icke att förglömma rabbin.

Tegelkrona reste sig tankfullt ur fåtöljen och approcherade tavlan där den, buktig och färggrann, tryckte upp sig mot väggen, kanske i fasa även den, inför de två dagdrivarna.

Både Tegelkrona och Axelsson var ju personer som hade en slags klyfta inom sig. De agerade med största noggrannhet och moral inom vissa områden. Och de områden som stod dem närmast, de var de som rörde andlig renhet och det estetiska, medan de i

94

åtskilliga andra ärenden var lika vårdslösa med all den egna egendomen och som alla andras. Det var som om dessa båda funnit varandra i en slags hänsynlös önskan om det inres sanning och i solitt förakt för det som var ytligt, fåfängt och präglat av karriärism, konsumism och kapitalism. Den kultur de hatade mest var den Hollywoodkultur, som blott tjänade att dölja sneda maktstrukturer i samhället. De var båda förvånade över slöseriet med naturens resurser, över den obändiga exproprieringen av naturen, och de propagerade för Upplysning och för ett allmänt användande av den hånade försiktighetsprincipen. De hatade den rovkapitalism som, enligt deras uppfattning, aldrig nånsin upphört att råda. Om någon påstod att det där med *lassaiz faire* väl i alla fall var något som hörde artonhundratalet till, så kunde både Tegelkrona och Lester plocka fram ungefärliga siffror ur huvudet på hur mycket livsfarliga utsläpp alla industrier i världen producerade per minut, samt i vilken rasande fart korallreven längs världens kuster evaporerade och snart skulle efterträdas av en osande svavelstinkande soppa, vari syrehalt och liv var noll, och då kunde vi alla, menade de båda, snart se oss om efter att hellre bo på månen, vilket å andra sidan inte var något realistiskt val.

De två var inga typiska taveltjuvar.

Alltnog: framför den förskräckta Rembrandten stod nu Tegelkrona och grunnade.

– Tjockt med färg, som vanligt, sa Edward, som om han själv och Rembrandt varit gamla vänner, medan han med vänster pekfinger strök över den skrovliga ytan på den oljemålningen.

– Se nu här, fortsatte han, hur denna målning är ett ypperligt exempel på allting som är så underbart med Rembrandt just.

– Hur han kan vrida upp figuren mot åskådaren inbjuder denne. Det är preliminariet. Det är det första han gör. Sen åstadkommer han nu alltid en liten klumpighet någonstans, där vi får en ingång till, där målningen så att säga visar på det ofullkomliga i en helt oblygt, småleende gest. En så visas nu dessa två grepp i det ljus, det berömda Rembrandtska ljuset, som tränger ut ifrån tavlan, och där man förgäves i det avbildade scenariot letar en ljuskälla. Att en sådan inte finns, medför att man upplever det som om någon står bakom en och över huvudet på en själv, metafysiskt, inför ljuset, varpå man därmed, så att säga, föses *av en osynlig hand* mot den lilla duken.

– Det fumliga är det största hos Rembrandt, fortsatte Tegelkrona. Ju äldre Rembrandt blev desto mer begrep han hur han med det fumliga och hela fumlighetens estetik kunde åvägabringa ett lugn hos åskådaren, ett lugn och en sanning som så vida överträffade allt annat i samtiden, som ägde en tom perfektion, att han blev refuserad. Man kunde från beställarnas sida inte heller tillåta att man själv som porträtterad blev själsligt avklädd intill nakenhet. Man ville ha en yta med färg och form där allt skötte sig och betedde sig lugnt och stabilt, inte ryckte och slet i en själv och i objekten. Ack ja! Ja så är det med Rembrandt.

– Ja, sa Lester.

– Vaddå? sa Tegelkrona, som svängde runt och betrakta Lester som nu satt och förskönade sin mustasch framför en fickspegel med saxen nästan inne bland alla tänderna.

– Jo, lidandet.

– *Rembrandt led väl inte!!* fnös Tegelkrona, och såg ut som en råtta som ville bitas. Det var sällsynt att se Tegelkrona arg. Vad Tegelkrona menade var att ALLA LED.

– Det är tvärtom så, förklarade Tegelkrona för Lester, som nu såg ut genom fönstret, att Rembrandt hade en tillvaro som var mer präglad av glädje än din och min, för att inte tala om de människor som går och svälter och är sjuka i malaria eller denguefeber i mindre lyckligt lottade länder än vårt! Eller tiggarna utanför Willys!

(Tegelkrona hade lätt att identifiera sig med tiggare.)

På detta svarade nu inte Lester, men han sa istället:

– Tror du det kommer några hit för att ta tavlan med våld? Som slår ner oss? Bankar sönder oss?

Detta var en väsentlig fråga. Tegelkrona satte sig nu till rätta i den mycket mjuka fåtöljen igen. Det blev allt underligare och samtidigt allt verkligare, det, att ha Rembrandten hemma. Att hämta den med finess från dess bevakade plats hade varit rätt enkelt. Men man hade nog inte själva reflekterat tillräckligt över vad man egentligen gjort. Vad Edward och Lester så snabbt och *geschwindt* beslutat, en dag under livets afton, det förstod de inte innebörden av. Bara detta att alls lägga rabarber på en sådan klenod, en del av ett världsarv, och så flytta hem det till att hänga över den egna soffan! Var fanns det vettiga och moralen i det? Och sen riskerna! Inte minst. De båda kunde bli misshandlade, mördade eller åka i fängelse! Högst sannolikt skulle de aldrig ens på det minsta sätt bli rika på den här kuppen inte. Och, för det femte, tänkte Edward, vad skulle Rembrandt ha sagt?! Edward suckade.

– Ja, tack vare ditt fyllesamtal med den där köparen, så sitter vi inte tryggt här precis, sa han. För du var naturligtvis helt enkelt FULL! På starköl. Som vanligt!

– Vi kanske får flytta på oss? undrade Lester.

– Allt är ett helvete, sa Tegelkrona och petade sig i näsan.

Sen drömde han sig återigen bort i en fundering över Rembrandt, ty tavlan formligen lyste och från sin enkla nålplats på tapeten. Begreppet "formligen" kunde verkligen användas här. Till exempel, tänkte också Edward, vad fanns det för musikalisk ekvivalent, musikaliskt korrelat till Rembrandt? Det objektiva korrelatet. Vem hade i musik uttryckt det, som Rembrandt sa i bild? Med sådan dubbelhet. Antagligen Connie Francis eller Bud Powell, tänkte han. Eller Dukelsky. Men sådant är svårt.

Musik och konst var viktiga saker för Edward. Kanske viktigare för honom än för många. Ibland sade han till och med till sig själv, att konst var viktigare än liv, eller att *konsten var meningen med livet*. Dessa åsikter fanns det inte mycket logik i, och man kunde – bland annat därför – inte försvara dem.

Dessa åsikter var mer som att ropa: "Hurra!". Men Edward menade i alla fall, att någonstans ditåt låg Sanningen.

KAPITEL SJUTTON.

I vilket vi får reda på mer om Anna och i vilket Didrik och Anna dividerar. Anna får ett oväntat telefonsamtal.

A nna Constantia suckade. Sucken är en av de där företeelserna som inte har någon motsats. Däri är den alltså något mystiskt. Den är alltså också lik alla andra saker som är mystiska. Som tillvaron själv. Som givetvis inte har någon meningsfull motsats. Efter som *Intet* inte finns, så är det ju en konstruerad motsats med en icke-tillvaro. Tillvaron är helt enkelt MYSTISK.

– Allt går isär, sa Anna Constantia och lossade på bh:ns band, medan hon bekymrat stirrade på ett par rutiga pojkbyxor som hon hade i knät.

Anna Constantia fick nämligen, denna tisdagsafton, inte ordning på blixtlåset på Theos byxor, och hur fascinerad hon nu än var av blixtlås som fungerade, vilket de oftast gjorde, så var hon nu helt överens med sig själv om att den, som uppfann blixtlåset borde spikats upp på en stolpe, ty låset satt fast som en bränd korv på en ugnsplåt. Slutligen kastade hon de rutiga byxorna i nästan rak linje till ett hörn av rummet och förklarade att Theo fick ha ett par blåjeans, som visserligen inte var direkt vinterkläder, men alla andra människor hade ju jeans året runt, så då kunde han ha det också.

Theo hade, så liten han var, lärt sig att mamman inte var som andra. Han fick ofta vifta lite extra framför ögonen på henne, för att visa att han fanns. Ofta undrade han vad i Jösse namn hon tänkte på. Det tyck-

99

tes Theo som om mamman var i ett annat land, och som det blev ännu värre när hon gick till jobbet, vad hon nu gjorde där, på kvällar och nätter. Allt var obegripligt, och ibland var mamman full också. Pojken hade då frågat Didrik lite försiktigt om mamma mådde bra. Didrik hade sagt att hon var en sökare, och att man skulle vara glad om man hade en mamma som var sökare, och inte var som andra. Didrik tillade att dom flesta mammor var mer angelägna om sin mobil än sina barn, men sån var ju inte hans, Theos, mamma, sa han. Theo hade inte svarat, men han hade förstått att Didrik menade väl.

Ibland möblerade mamman. Hon släpade möblerna i enrummaren till nya platser, dammsög och gick och köpte nya gardiner. Flyttade på tavlor och affischer. Hon kunde också ge sig iväg med Theo för att köpa en ny tavla. Sen hängde de upp tavlan, på vilken en stor segelbåt eller en Stockholmsgata var motivet, och mamman hade då vanligen mått lite bättre, tillfälligtvis. Sen kunde hon sitta och se på tv på kvällen och när Didrik frågade något, om han var där då, så visade det sig att hon inte sett vad det just var på tv:n men satt och drömde. Ibland skrev hon en dikt och hon sparade den i en särskild kökslåda.

Nu var det alltså tisdag och de tre var hemma hos Anna Constantia i Kortedala.

– Om du skulle börja jobba som tandsköterska igen? frågade Didrik, stor och valhänt.

– Tråkigt, sa hon.

– Vad vill du då?

– Kan vi inte ringa upp gubbarna från båten och gå och prata om tavlan. Man skulle ju gärna vilja ha de där pengarna. Så att vi kunde bara åka iväg till Amerika!

100

Didrik nickade, lite som om han hade fått en or-
der, som skulle åtlydas.

– Jag kan ju ringa dom och fråga hur det går. Dom
lovade oss ju hälften av pengarna. Men det kanske var
i hastigt mod, liksom.

– Ring! sa hon. Dom kan inte ändra sig. Då blir
det andra bullar! Hon skrattade kort.

Didrik plockade mobilen ur jeansjackans bröst-
ficka och vevade fram Tegelkronas nummer.

– OK, sa han och ringde upp. Ingen svarade.

– Ja vi får åka dit då? sa Didrik.

Då ringde Annas mobil. Hon gick ut i hallen för
att svara så att Didrik inte hörde. Det kunde ju gälla
jobbet. Hon skämdes lite grann över sitt jobb, trots
allt.

Och samtalet gällde jobbet. Det var nämligen
hennes beundrare och manager in spe, Johnny Twilfit
som ringde, som han ju ibland gjorde.

– Hej, det är Johnny. Johnny Twilfit. Hur e läget?

– Jodå, lite bråttom bara. Ska iväg till en kompis.

– Jo jag har nosat upp ett jobb. Du kan få ännu
mer! Jag visade dom en film jag tatt på *Vegas* när du
dansar. Mycket mer! Du…

– Var då då? sa Anna Constantia. Hon ropade till
så högt att till och med Didrik inne i rummet hörde.

– Jepp. I Stockholm. En lyxklubb.

– Men inte idag …

– Nähä…

– Kan vi ses på Burger King, Järntorget i morgon
klockan 12, sa Anna lågt, efter bara några sekunders
överläggning med sig själv.

– Javisst, sa Johnny.

De lade på, och Anna återvände till Didrik.

– Va va de?

– En kompis ringde.

– Jaja, sa Didrik. Du! sa han sen, vi åker till gub-
barna va? Kan Elsa passa lillen?

Anna nickade och tog åter tag i mobilen och
vevade där fram numret till Elsa, som bodde i närhet-
en, och som hon visste var hemma. Sen tänkte hon att
hon kanske kunde använda Johnny till något i alla fall.
Johnny var ju inte inblandad i någonting. Inte i nåt,
tänkte hon. I alla fall inte än…

Det där med jobb trodde hon inte på. Hon trodde
att Johnny ville ha den gratistjänst, som han varit ute
efter ända från början, men aldrig hittills fått. Hon var
ju inte naiv.

KAPITEL ARTON.

*Bertie Korallgran vidtar mått och steg. Vi mö-
ter Lasse och Ville, två tjänstvilliga gangsterbröder,
som var vana vid att agera utan att några onödiga
frågor var inblandade.*

Bertie hade just varit inne i garderoben hemma
på Engelbrektsgatan och tittat till sin robot.
Nu var han åter bekvämt placerad, lång och
gänglig, i en fembent snurrfåtölj av läder i det
väldiga vardagsrummet på Engelbrektsgatan.
Han hade släckt inomhus. Allt ljus som fanns i rum-
met kom från antingen från fönstret och mobilskär-
men. Han försökte få tag i *gotaplatsen33*, alias den
gamle pundaren Lester, via det telefonnummer de
talats vid på förut, men ingen svarade på numret. Det
fanns inte ens nån abonnent. Jaja, kontantkort, tänkte

Bertie. Kortet är slängt. I samma ögonblick ringde det på portklockan. Det var Ville och Lasse. Han bad dem komma upp. De trädde in i hans hall, sparkade av sig sina snömoddiga boots och efter att ha fått en liten välkomstdrink i kupade glas slog de sig ner i ädersoffan som var prydd med små röda stjärnor *all over*.

– Nå, sa Ville.

Till svar fick han en arg blick från Bertie, som inte hade någon vana vid att leda smågangsters, men som bland annat i kraft av sin längd och sin utstrålning ändå fick respekt. Ville och Lasse hade båda rakade huvuden, med vilket de alltså sökte dölja, att de började bli lite flintis, och således avslöjade att de började bli lite flintis.

Ville och Lasse såg ut som gangsters. Bertie såg själv ut som en börshaj eller kärnfysiker.

– Vi ska alltså kolla om en tjuv har en tavla hemma, sa han enkelt. Vi tar er bil och åker upp och sätter lite press på en viss Lester. Lester Axelsson.

– Lester Axelsson!? sa Ville, som förde ordet. Honom känner jag sen Skogome. *"Den enkle"*, tillade han glatt, användande ett gammalt fint uttryck ur västsvensk slang.

– Kan du berätta? Vem är han? Vad har han för bakgrund?

– Han hade rånat *Stenaline*, en båt, och *Willys*. Hotat alla på *Willys*, maskerad till oigenkännlighet med en leksakspistol och rensat det han kom åt i kassorna.

– Men från början?!

– Jaha, sa Ville.

– Lester är göteborgare, fortsatte han, och han växte upp i en överklassfamilj. Pappan var jurist, nog domare eller åklagare eller något. Och Ville gick på

103

Östra Gymnasiet. Lester spelade trumpet i ett band som hette *Giants of San Reno*, och han spelade verkligt bra. En riktig Bix Beiderbecke. Eller Muggsy Spanier. Sen gjorde han lumpen. Blev överkörd av en bandvagn i Skövde, där på trängregementet. Fick gå genom en massa operationer för att alls kunna gå igen. Han blev också lite konstig på kuppen, låg ofta på psyket, fick starka mediciner, en massa Valium och sen och morfin mot smärtorna i benen. Efterhand när han kom tillbaka fick han – mager som en sticka alltså - sjukpension, han började planera stötar mot kiosker och affärer. Rån med ansiktsmasker och så. Annars spelade han faktiskt teater! Professionellt. Han åkte dit för en stöld 2009. Vi satt inne samtidigt. Han brukade sjunga för oss. Sjöng bra. Han är lurig. Säger en sak ena dagen, och så nästa dag har han aldrig sagt det, och har ingen aning om någonting. Kan se hur oskyldig ut som helst. Innerst inne idiotsnäll, om man säger. Men enveten. Bryr sig inte om hur det går med honom själv. Destruktiv intill förbannelse. Han är noggrann med småsaker. Han ser ut som en hög benknotor. Men han är stark.

Här tyckte nu Ville plötsligt att porträttet var fullständigt, så han lutade sig långt tillbaka i den obekväma soffan, där det gnisslade lite så fort man rörde sig i det kinesiska lädret. Bertie hade lyssnat med ett koncentrerat uttryck i det smala, intelligenta ansiktet.

– Besvärligt med människor som inte bryr sig om sig själva. Vem bryr de sig om? Och vem bryr sig om dem?

– Du då Lasse, har du mött Lester? undrade nu Bertie.

– Nä. [Detta är nu Lasses väsentliga enda replik i denna berättelse. Om honom kan det förmodligen skrivas en annan utmärkt sådan.]

– OK. Men vi åker dit och knackar på. Klockan är nio. Vi kommer ju utmärkt, till kvällsölen. Han bor på Kulturgatan 16.

Bertie försökte med orden om ölen att tona ner sitt hårda sätt. Han gav nu också bröderna två fem-hundringar var, i förskott, som han sa. *Money talks.* Så reste de sig alla, släckte ner hos Bertie och gick, efter det Bertie slängt på sig en tunnrock, ner till Villes röda Volvo och svängde sedan snart uppför den vind-lande, feldoserade Viktor Rydbergsgatan till Lesters lägenhet. Ville körde lugnt, och Bertie kände sig i alla fall halvt bekväm med bröderna.

KAPITEL NITTON.

I vilket vi följer hur Edward och Lester agerar när de får besök, och vi får reda på något om lyktor som slocknar.

D et började bli sent på tisdagen. Edward granskade duken, tråcklade nu på försök in den i den igen i sin provisoriska ram, som Lester oförsiktigt hade ståendes i köket, och som kom från Edwards lilla källarverkstad nere på Lagerbringsgatan. Edward och Lester bodde båda helt nära denna gata, som ju befinner sig inte alls långt från den konstiga kyrkobyggnaden i stadsdelen.

Vad de båda göteborgarna stulit var alltså en olje-skiss. En förstudie. Den stora reella Rembrandts målning av Danae, eller det som är kvar av den efter den berömda litauiska syraattacken, som idag hänger i St. Petersburg mäter c:a 2 meter ggr 180 centimeter. Oljeskissen från Göteborgs Konstmuséum var helt liten, kanske 1.10 meter ggr 95 cm. Ungefär hälften så stor alltså. Den såg ut som gjord av en ganska glad Rembrandt. Flickan i sängen såg lustig och tillfredsställd ut, och vakten, eller *Peeping Tom*, hade förmodligen drag av Rembrandt själv, sugande på den lilla mustaschen. Precis som forskningen i dagsläget menade var fallet med originalet. Duken passade inte i ramen, men man fick plocka ut och sätta dit en extra bräda vid sidan av.

Då ringde det på portklockan.

– Nu börjas det. sa Edward och stannade upp i rörelsen, samt lät duken trilla ner på golvet.

– Nu är det klippt, sa Lester som mindes andra tillfällen när det varit det.

Lester gick till porttelefonen och svarade. Det visade sig att det var nån, vid namn Ville. Som ville komma och hälsa på, en kompis från Skogome. Prata om jazz. Starta ett band som skulle spela bebop.

– Släpp upp honom! sa Edward medan han något nervöst stuvade den olycksaliga tavlan in under sängen.

Både Ville, Lasse och Bertie steg sen på i den lilla lägenheten, som nu såg ovanligt torftig ut i den trista februarinatten. Bertie spred på något sätt auktoritet i kring sig. Han var inte prålig klädd, men det syntes på honom, oklart varför alltså, att han hade pengar. Klockan var bortåt tio.

– Är ni tre? frågade Lester.

– Jepp. sa Ville.

Nu gick alla tre runt i lägenheten och tittade. Ingen böjde sig och tittade under sängen, men man fingrade på nålarna som låg på bordet, med vilken duken varit uppsatt på väggen, som lyste tom ovan soffan.

– Vi vet att du har en tavla. sa Bertie.

– Vem är du? undrade Lester. Edward hade blivit blek som ett lakan. Till och med näsan var blek.

– Jag är den du talade med i telefon om en Rembrandt.

Just då ringde det på porttelefonen, igen. Ville, Lasse och Bertie blev nervösa.

– Svara, sa Bertie med den naturliga auktoritet som ofta följer med överbegåvade personer likt en andra andning.

Lester svarade ute i hallen. Kom tillbaka och sa – icke helt överensstämmande med sanningen - att det var hans bror och syster. Som skulle lämna en katt, som de kommit överens om, som Lester sa.

– OK. Släpp in dom då…

Efter en stund inträdde nu Didrik och Anna Constantia för att göra lägenheten än mer smockfull och spänningsfylld. Theo var inte med. Bertie såg konsternerad ut.

– Ja, det gällde alltså en Rembrandt? sa Lester glatt rakt ut i luften.

– Är du här? frågade Bertie Anna, som han inte sett på åratal.

– Mm, sa Anna och bet sig i läppen. Hon blundade med ögonfransarna och grep efter Didrik.

Här beslöt sig nu de tre männen, Vilhelm, Lars och Karl-Bertil, som kommit till bergsbebyggelsen i natten i en röd automobil av det kinesiska märket Volvo, på tecken från den senare, att genast återvända till Volvon och åka nerför Viktor Rydbergsgatan i natten under en becksvart himmel, som endast var upplyst av några enstaka gatlyktor, som hängde nästan stilla som spenar under en sovande ko. De skiljdes nere vid *Paley´s,* där Bertie steg ur, gav bröderna ytterligare en tusenlapp och lovade att höra av sig.

Några av lyktorna på Viktor Rydbergsgatan hade slocknat. Ibland slocknar gatlyktor helt spontant i staden. Man kan här och där se en port eller ett avsnitt av en gata, där lampan slocknat. Visserligen kommer det dagen efter en patrull med stegbil, eller en ensam reparatör med en smartare stegbil, och fixar det hela. Men det är ändå sorgligt detta med de slocknande lamporna. Jag själv är irriterad över det. Varje gång jag ser ett parti av staden, där något i lampväg slocknat, så griper det tag i själen på mig, och jag tänker på döden. Det är ju inte riktigt friskt, jag vet det... Men så är det.

KAPITEL TJUGO.

Om hur två säkerhetsvakter förlorar jobbet och sedan agerar i enlighet med uttrycket: "Skam kan ladda!"

Man kan tro att människor som råkar ut för en sådan där sak, som att bli lurade av två maskerade män vid en stöld på ett muséum, blir knäckta av det. Att de är så knäckta att de söker psykolog och kanske sen försöker glömma bort det hela och söker sig en framtid någon annanstans. Men lika naturligt är givetvis att de biter sig fast vid händelsen, att de inte lägger den bakom sig, och att de själva tar itu med att försöka ställa till rätta den gräsliga situation som de genom sin tillfälliga förvirring har skapat. Att de fylls av … hämndbegär! Harmset och bestämt hämndbegär.

Detta senare gällde Charlie Nilsson och Khan, de båda vakterna från *Pelican Securitus*.

Redan i november, efter stölden, ja redan på kvällen dagen efter stölden, då de pustade ut på ett Café på nedre Linnégatan, i närheten av vilken de båda två, av en slump, bodde i var sin äldre lägenhet, var de fast beslutna att ta tag i jakten på de två män som hade gjort dem både löjliga och arbetslösa. Än hade de inte fått sparken, det var sant. Men de skulle få. Mycket snart. Och det var förresten outhärdligt att stanna kvar som vakt efter detta! Och det var en sak till. *De två hade säkrat ett spår*, som de inte delgivit myndigheterna…

I den allmänna villervallan efter stölden, och efter det teknikerna spärrat av den aktuella salen, så hade vakterna körts bort. Det var ju delvis deras fel. De var ju inkompetenta och kunde inte användas till någonting annat än – under misstänksamhet – som vittnen. Molokna hade de strövat omkring i salarna en stund, samtalandes, högröda av skam i ansiktena, då Shakira fått syn på påsen med målargrejorna från Banduro bakom statyn. Kvickt och diskret hade de tagit påsen under armen och begett sig ner i hissen till sitt rastrum, som låg i källaren. Där hade de besett penslar, täckfärgburk och textschabloner, där det på en burk framgick var den var köpt, av en liten ynka lapp på en av penslarna, där man kunde läsa, "Band" – en del av namnet "Banduro", vilket ju var en känd hobbyaffär i stan.

Senare smugglade man ut alltihop och hem till sig, och med utgångspunkt från dessa attiraljer började de två skamsna och utstötta sitt arbete med att återfå åtminstone en del av sin heder.

Så satt man nu på caféet och diskuterade hur man skulle följa upp spåret. Shakira, som kanske var den skarpaste hjärnan, resonerade högt:

– Av täckfärg, penslar och textschabloner, så är ju textschabloner det mest udda. Få människor köper textschabloner.

– Jepp, sa Charlie Nilsson. (Han hette inte Charlie, men Kalle, men kallade sig i officiella sammanhang för Charlie.)

– Så om vi kan få tag i kvittoreferensen hos Banduro på den schablonen, och om den är köpt med kort, vilket ju är det vanliga, så vore det nåt.

– Då vet vi, sa Kalle Nilsson.

– Exakt! sa Shakira, som faktiskt hade sitt ursprung i form av farfar Khan i Teheran.

– Så då återstår att få tag i Banduros bokföring.

– Är inte kassaapparater nuförtiden kopplade till en dator, och en datafil? undrade Shakira snabbt och smuttade på espresson.

– Tror du man kan hacka sig in i den?

– Jag känner en kille i Bergsjön som kan hacka sig in i allting. Det är min kompis brorsa, Aljeschin!

– Ja. Jaha. Heter han så?

– Nä kallas.

– Bara å ringa då, sa Nilsson lite besviket nästan. Det lät för lätt.

– Vi måste betala, annars gör han inget. Det är hårt arbetande människor, dom kriminella!

– Jag har inga pengar, sa Nilsson och kliade sig i sitt lätt deformerade öra.

– Nä, vem har det?

Tysta betraktade de nu tegelväggarna på det lilla fiket och lät sen blickarna sjunka mot bordskivan. Nilsson lekte med en kaffesked.

– Men det är klart, sa Nilsson, om man inte presenterar det hela som en hämndaktion … utan som ett rån … Jag menar en Rem…

Shakira lyste upp med hela ansiktet. De mörka ögonen i det breda ansiktet fylldes av eld under de halvdecimeterlånga ögonfransarna, och hon sa till Nilsson:

– Du är en ÄNGEL! En smart ängel.

KAPITEL TJUGOETT.

Lesters värld.

När det lugnat ner sig på Kulturgatan , efter Berties och brödernas besök, och alla druckit ett extra glas vatten, så sade Didrik, medan han drog i ansiktets järntenar och ringar i en till synes alldeles bestämd och nästan rituell ordning, medan han blängde lite i olika avdelningar på Lester, att "nu måste man ju för helvete få fart på denna affär".

– Det blir inte så lätt, menade Tegelkrona, som i det han sade detta, lade sig ner framför soffan och rotade fram Rembrandtduken med första oljeskissen till *Danae och Zeus*, Zeus då i form av ett guldregn. Om innebörden av tavlans motiv visste ingen något, utom Tegelkrona förstås, som hade kunnat berätta om intresse funnits. Men det fanns inte. Märkligt nog.

– Ligger den där? hojtade Didrik till och lyfte händerna som för att skydda ansiktet.

Anna såg liten och späd ut bredvid raggaren.

– Ja, vi flyttade den hit.

– Det där var väl Bertie, din köpare? frågade Didrik.

– Didrik och jag bara känner Bertie sen förr, sa Anna.

Tegelkrona nickade smått förvirrad.

– Ja, nu får vi söka köpare igen. Men nu vet ju Bertie och hans kompisar att vi har tavlan. Dom kommer tillbaka. Så om vi säljer den nu, så kommer dom ändå att lägga sig i.

Allting var YTTERST krångligt, tänkte Tegelkrona.

Lester satt, hålögd, på en taburett, som han tagit från köket, och torkade sig i ögonvrån. Lester var lättrörd. Man fick med ens ett intensivt behov av att trösta varann. Så sades några tröstens ord till Lester medan den buckliga duken med målningen låg där på golvet och tittade. Lester gick då ut i köket och gjorde kaffe, medan Tegelkrona fortsatte att samla färgflagor, som han la på ett fat som han hämtat från ett skåp.

– Jaha, sa Anna. Vad gör vi nu typ alltså?

– Ska vi ropa tillbaka dom då? undrade Anna.

Lester såg upp. Nu satt Tegelkrona slutligen i soffan och Didrik och Anna i var sin blommig fåtölj medan alltså Lester helt nära köksdörren satt framåtlutad på en enkel lackad taburett. Kaffet var serverat i små bruna stengodskoppar från Höganäs. Skärmlampan i taket kastade ett milt sken över rummet, och över den olyckssaliga tavlan på golvet bredvid soffbordet, där Annas pumps nästan nuddade kanten på den dyra duken. Rembrandten glänste lite, såg lätt krackelerad ut och i behov av restaurering. Nu satt de fyra kumpanerna, allihop från samhällets absoluta botten [Jepp], helt orörliga, och det syntes dem som om de var del av ett historiskt ögonblick, ett avgörande nederlag, och som om det nu var dags att börja tänka något nytt och att så att säga städa upp efter ett avsnitt i äventyret som, av allt att döma, hade gått väldigt, väldigt snett. NU måste alla skärpa sig, tänkte de.

Lester började, ångerfull, kratsa den lilla taburetten på benet, som om det kliade på stolsbenet, och sa sen:

– Jag kommer ihåg hur det kändes när jag blev överkörd av den där pansarvagnen i lumpen. Hur larvfötterna pressade ner min bröstkorg i ett litet dike invid vägen, och hur blommorna vek sig, nästan in i munnen på mig. Blo´n rann ur öronen, och ett befäl skrek att man skulle stoppa vagnen. STOPPA VAGNEN! BACKA. Och så körde tanksen givetvis över mig igen, baklänges. Och ena benet hängde nästan löst. Och jag kände en väldig smärta i magen. Sen svimmade jag, medan jag hörde motorn i tanksen rusa så det dånade över hela slätten.

- "Sen vaknade jag långsamt upp i en sjukhussal", fortsatte Lester", och där satt en flicka i rutig kavaj bredvid och läste en bok. När jag vaknade blev hon så förskräckt, att hon tappade boken i golvet. "Han e vaken! Han e vaken!" ropade hon. "Vad läser du?" skulle jag fråga, men det blev inga ord. Inte ett ljud ens. Jag hade en slang i munnen och ner i halsen.

Två läkare rusade in. Flickan försvann. Utan bok. *Havets hjältar* hette den. Jag såg på läkarna, som båda gapade med munnarna. "Herregud." sa den ena, en liten energisk typ med stora svarta glasögon.

113

Under veckorna som kom, när jag låg som ett paket, ihopspikad och ihopsydd på otaliga ställen, så var jag komplett lugn. Morfinet hjälpte förstås till. Världen tycktes mig som en stilla plats, full av vänlighet och omsorg. Jag var inte rädd för något, inte missbelåten med vad som hade hänt, och jag väntade mig heller ingenting. En idealtillvaro alltså. Inte minsta spår av ångest fanns hos mig. Jag bara låg där och tittade, smått överförtjust över allt som rörde sig. Vårdbiträden, en dörr, en medpatient, en fluga. [På den tiden fanns det gott om flugor.] Jag läste böcker, som Wodehouse och Evelyn Waugh. *Havets hjältar* hade jag läst som barn.

Problemen kom först när man sa åt mig att stiga upp.

Det var ju inte det, att det inte gick, och heller inte det, att jag trodde att jag skulle gå sönder i alla de fogar jag var ihopsatt i. Nej, men jag upptäckte, att jag befann mig i en värld där man åter ställde krav på mig, och en värld där jag ÅTERIGEN kunde bli överkörd av något, eller försatt i någon än värre situation. Sådant som att ha ansvar, som att fundera ut vad som var det allra bästa att göra. Och vad jag nu skulle göra med mitt liv, när jag förmodade att det där med pansarregementet var ett passerat kapitel, det blev en mara.

Ja, det kom också upp en sergeant och en löjtnant från regementet och dom tackade mig och hade med blommor, samt en check på några tusen kronor, och sa att det var så starkt av mig att överleva. "Det hade ingen trott", sa dom. Det hade sett så fruktansvärt hopplöst ut. Ja, båda två sade, högröda i ansiktet ovan uniformskragarna, att det inte verkade som om jag hade FÖRSTÅTT hur ILLA det varit med mig.

114

Bara dom. Kunde jag inte förstå att jag absolut logiskt sett borde varit DÖD? menade de. Jag sade då bara, att jag inte visste, vad de ville, att jag skulle göra.

Skulle jag börja gråta, tänkte jag. Trots att jag inte alls kände för att gråta?

Efter tre månader på sjukhus var jag hemma hos mina föräldrar, som inte alls ville ha mig hemma. Dom anklagade mig, halvt, för olyckan med larvfötterna, och de menade, halvt, att jag varit på fel plats under fel tid.

Nu drabbades jag av svindelanfall, av dubbelseende, av partiell blindhet, och rädsla för andra människor. Jag åt ibland inget. Jag vägrade gå ut. Och så vidare och så vidare. Och jag började se mig om efter nåt… bedövningsmedel mot att uppleva det jag upplevde. Det måste ju finnas någon hjälp, tänkte jag. Min själ hade blivit överkörd än värre av livets pansarvagn, tänkte jag, än min kropp blivit där ute på skjutfältet. Jag fick inte ihop det. Enda sättet att få ihop det var att be om tusen och åter tusen av sådana tabletter som fördummar en. Så tiggde jag sådana hos läkare efter läkare. "Ja, men bara en kort tid då!" sa dom allihop, efter varann, och oberoende av varann, och med korsade fingrar bakom ryggarna. Och så gick det som det gick.

Efter ett tag räckte det inte med lugnande. Jag tog alla tabletter som på minsta sätt, eller på mesta möjliga, kunde förändra mig, så att jag inte var den som var rädd. Och så blev jag en förstaklassens pundare. Och sen blev jag då också en simpel tjuv och kåkfarare. … Så kan det gå…"

I den lilla lägenhetens storarum satt de tre åhörarna, nu intagande ganska neutralt vaggande men ändå vaggande poser. Men stämningen var inte neutral. Tvärtom tycktes hela rummet vara som ett blödande sår, eller som en blomma som just öppnat sig för ett ljus, som är helt främmande.

Tegelkrona hade sjunkit ihop lite. Han hade hört allt förr. Annas ögon var tårade, medan Didrik oupphörligt med sin högra hand strök över sitt ansikte, uppifrån och ned. Sprintarna darrade. Var och en var innesluten i sin förtvivlan, och ingen sträckte sig denna gång tröstande mot någon annan. Lester såg ner i golvet och gick sen och drack vatten. I lägenheten var det nu så tyst att allt man hörde var det stundvisa porlandet i värmeelementen, så typiskt för en vinternatt.

Tegelkrona gick fram till Lester och sa att nu ska vi inte dränka oss i detta. Sådan är människans kärlek. Oändlig. Alla kan göra en dumhet i fyllan!

Det ringde plötsligt i Lester Axelssons mobil. Det lät som när man pinkar i en burk. Som äldre telefoner ofta gör. Detta var en äldre. Han hade kastat den nyare i älven. Måste byta signal, tänkte Lester. Han svarade:

– Ja?

Det var Brottlund, den lille killen som sprungit fel med brevet, och stoppat det i Tegelkronas låda. Han ville be om ursäkt igen.

– Ingen fara, sa Lester. Det gjorde inget!

116

KAPITEL TJUGOTVÅ.

Sällskapet grunnar. Man betänker en annan stöld, av en annan Rembrandttavla.

Tisdagsaftonen bröt nu långsamt in i natt på Kulturgatan. Att ha en Rembrandt på golvet tycktes vara som en slags katalysator, och som att använda ett sanningsserum och därjämte – givetvis – som en uppmaning till handling. Så tog Tegelkrona till orda, lite fabulerande. Detta var överhuvudtaget mycket karaktäristiskt för honom, att då och då helt tappa fotfästet och att från att ha resonerat helt rationellt sedan komma med rena fantasier:

– Synd att vi inte har tid att göra kopior. Dom skulle ju gå åt. Jag blir skickligare och skickligare. Men man måste ha gott om tid för att göra kopior. Det är inte bara att måla. Färgen måste fästas på en mycket gammal duk, som det tar lång tid att finna. Sen torka och så värmebehandlas och gå igenom mängder av strykningar och påfrestningar för att se gammal ut. Så den saken är ute ur räkningen.

– Vi har bara EN tavla, sa Anna. [ett liv, menade hon antagligen, och hennes konstgjorda ögonfransar höll på att lossna. Det var nu natt]

– Men kan vi inte byta vistelseort ett slag? Åka till Italien eller nåt? sa Didrik. Vi HAR ju tavlan!!

Även hos Didrik fanns ett drag av fantastik, men det hinner vi inte gå in på här. Men det visar sig ibland, alltså.

– En bra idé. sa Lester, som nu skönjde en strimma av hopp vid horisonten, efter allt han schabblat.

– Det är ju en möjlighet. Om vi hade haft pengar. Vi har väl inga, sa Didrik och vaggade med sin stora kropp där han satt på ytterkanten av fåtöljen. Återigen satt de ungefär som de suttit en stund innan.

– Vi kan väl sälja den tillbaka till muséet? undrade Anna.

– Det är utpressning, mumlade Lester.

– Exakt, sa allihop de andra.

Sällskapet började nu skruva på sig. Man reste sig och gick runt i lägenheten, ut i köket, tittade i Lesters kylskåp och på hans små inramade foton på väggen över hans säng och ruskade om i burkar som stod i bokhyllan och så. Denna människoboning var dock så liten, att man kunde höra vad alla sa från vilken plats någon än befann sig.

– Så blir det så att vi får ligga på tavlan ett slag. menade Tegelkrona.

– Men den kan väl inte vara på vinden, sa Anna. Om Bertie?

– Var skall vi ha den då? undrade Lester. Här kan den inte vara!

– Kan den vara på din kanonbåt? frågade Tegelkrona Didrik, som satt och lekte med en trasig liten innehelikopter.

– Va? sa denne.

– På båten?

– Nja.

Lester började nu titta på sitt armbandsur. Depressionen hade lägrat sig. Man hade en dyrgrip, men dyrgripen var i dagsläget oomsättbar.

– Det tycks som om alltihop blev 1000 gånger krångligare än vi trott från början, sa Edward.

118

– Kanske det inte är lönsamt alls, detta med Rembrandt? undrade Didrik, som nu fullständigt bytt från sin tidigare plan om resan till Italien. Kanske provocerade han. Det var svårt att avgöra. Didriks ögon var så små.

– Tavlor, är det något alls att handla med? sa han.

– Jag råkar, som av en slump, veta, sa Edward, att svenska konstmuséer i allmänhet inte alls försäkrar sina tavlor. Som vid Rembrandtstölden av det lilla självporträttet från Nationalmuséum år 2000. Ingen försäkring. Det skulle bli för dyrt. Då som nu. Nu som då. Men den här Rembrandten, som vi nu stal, var inte i konstmuséets ägo. Den tillhörde en specialutställning, en vandringsutställning. Sådana är privatägda, ofta av en riskkapitalist eller en fond, och är alltså alltid försäkrad, och det är ju bland annat därför som de har särskilda vakter anställda i just de sammanhangen. Alltså borde vi försöka leta reda på dem, som i detta sammanhang har störst omedelbart ekonomiskt intresse för konsten. Vilket ju faktiskt kan vara en jättelik bank eller ett stort försäkringsbolag. Ja med största sannolikhet är det just det. Och då finns det människor från dessa bolag som söker tavlan, för att undvika en brakförlust. Man anställer givetvis detektiver. Man satsar en peng på att finna tavlan.

– Mm, sa Anna och såg på de övriga. Men ska vi inte strunta i alltihop?

– En hemlig förhandling kanske? sa Lester.

Men alla visste ju att man just nu inte hade någon förhandlingspartner.

– Vi kanske får avvakta. När allt kommer omkring så har vi bara haft tavlan sen i november. Knappt fyra månader. Vi kan behöva ha den ett tag till, avgjorde Tegelkrona.

Anna Constantia såg på sitt arbandsur, samt sms-ade lite med Elsa, väninnan som för länge sen lagt Theo för kvällen och antagligen låg och sov djupt i Annas soffa med en pläd över huvudet

Vinternatten var tyst. Men Johanneberg är, när man tänkte på det, generellt en väldigt lugn stadsdel.

– Men var ska tavlan vara? undrade Anna. Hon tänkte, och hon kände nu tydligt innanför högersidan av huvudet den bekanta irritationen, att hon hade varit fattig i hela sitt liv. Sen tänkte hon, i det hon åter såg sig omkring på de andra tre, att det hade de andra tre också.

– Ja, sa Didrik, meningslöst.

– Jag bär upp den på vinden, sa Lester.

Som om man tillhörde ett hemligt sällskap, vilket man ju i viss mening gjorde, så tog man sig nu alla fyra för att rulla ihop duken, svepa in den i ett rent lakan, samt försiktigt allihop gå upp de tre våningarna till vinden, tyst öppna ståldörren till vindsavdelningen, samt därefter söka upp Lesters förråd 22 och där sedan placera tavlan. Den stuvades in tillbaka inuti sin gamla resårsäng. Allt gjordes alltså under tystnad och inte en enda replik avfyrades. Det var natt, och det handlade om tjuvgods. Ceremoniellt vandrade man sedan åter ner från vinden, nästan andäktigt. Anna och Didrik sneglade på varandra. Det var något distinkt komiskt med alltihop. Ingen av dessa två hade något större sinne för humor. Tegelkrona och Lester betraktade nu denna vindvandring lite *tongue in cheek*, men för Didrik och Anna var allt helt annorlunda och … mer osäkert. Edward och Lester var ju gamla människor medan Anna och Didrik var unga.

KAPITEL TJUGOTRE.

I vilket tre går på nattbio och besöker i efterdyningen av detta den lilla restaurangen Tintin, vilken ligger så behändigt till.

Anna C. Smith gav sig iväg från Kulturgatan hem till lille Theo, som var hemma i Kortedala med Elsa. Det var ju ingen idé att stanna kvar hos Lesters, när ändå inget kunde bestämmas om tavlan mer än att den återigen således skulle gömmas. Efter hon hade åkt hem beslöt sig grabbarna för att gå ut. Man satsade på lite förströelse efter alla dessa händelser så fulla av stress, plötsligheter och problem. Ingenting är ju så nyttigt, både emot stress och för mer flexibel tankeverksamhet som just distraktion.

– Vad vi behöver är distraktion! sa Tegelkrona. Ja, som Kierkegaard sa: "Livet tycks mig som en enda stor distraktion. Jag vet bara inte vad det distraherar från."

Didrik, som innerst inne, i egenskap av ägare till en motorcykel med sidovagn, var filosofiskt lagd, log. Lester tog det däremot som ett grovt skämt. Från Kierkegaards sida.

Nattbio, tänkte man. Det gick en film på *Sandrews* kl. 01.15.

Tegelkrona ringde efter en taxi och snart for de genom ett svart och vinterblött Göteborg till *Filmstaden* vid Skånegatan och satt efter en liten stund på rad i en rödklädd bänk och såg *"The darkest hour"*, en film om Winston Churchill. Det var egentligen Edward som hade valt filmen. Alla "har

121

dock ett förhållande" [… som det heter] till Winston Churchill. Både Didrik och Lester tycktes uppskatta filmen, då de uppmärksamt betraktade vad som skedde på duken. Biosalongen var nästan öde. Kanske var det en sex, sju åskådare, allt som allt. Filmen var nog i stort historiskt korrekt, tänkte Tegelkrona, men Churchill såg alldeles förfärligt olik sig ut.

Efter bion gick man på en nattöppen restaurang, vilket till att börja med var svårt att finna. Inte ens på de centrala hotellen fanns det någon servering om nätterna, fann man ut. Så fick det bli *Tintin* på Engelbrektsgatan. Den kände Lester till, då han ofta var ute och gick om nätterna för att ruska av sig oro och abstinens, eller på jakt efter varor. Så marscherade man, från fåfängt letande på den snögloppiga Avenyn, nu, i ett milt duggregn, upp till restaurangen, som inspirerats till sitt namn av den belgiske tecknarens hjälte. Ingen av de tre kände till debaclet kring *Tintin i Kongo*. Tegelkrona kände till Hergé något lite. Man tågade in och satte sig sen längst in, invid en spegelvägg, efter att samtliga beställt pyttipanna gjord på nöt. Ty det var lite si och så med hur de alla skötte sin mathållning. Man bör någon gång i veckan äta lagad mat. Akustiken på *Tintin* var behaglig, även om akustiken på *Kronhusets café* givetvis är överlägsen all annan akustik, vad gäller anpassning till förtrolig ton. Åtminstone i Göteborg. Denna natt var *Tintin* halvbesatt med folk.

– En sån film! sa Tegelkrona och slamrade ofrivilligt med besticken.

– Ja kanske inte det bästa man sett, sa Didrik.

– Vill ni höra vad jag tycker om film? frågade Tegelkrona i det han gled ur sin jättelika rock, och lät den falla ner bredvid sig, för att sedan fortsätta och ge en liten utläggning, utan att invänta svar på sin fråga.

Tegelkrona talade, som om talandet var en naturlig extension av hans andning:

– Film är någonting totalt meningslöst. All film. Det är bland annat därför den alltid stöds av de styrande i alla samhällen. Ty film har en passiviserande, konservativ inverkan. Om man ser till våldet i samhället, så är det extremt sällan detta utlöses av en film.

En ung kvinna i vimlet omkring dem sade högt, med klingande röst:

– Det bara händer saker hela tiden, och ingen har någon aning om varför.

– Vidare, fortsatte Tegelkrona glatt, utan att ha hört den i vimlet förmedlade iakttagelsen, så är det ju så, att riktig litteratur *däremot* är farlig, eftersom det att läsa en bok, en fiktion, en riktigt god roman, innebär att man helt och fullt kan identifiera sig med en hjälte i boken, medan identifikation med en filmhjälte ju bara blir en identifikation med dennes yttre, eller tillyttermera visso [Så sa Tegelkrona, "till yttermer visso"] med en inbillad identifikation med det yttre, ett yttre som i filmen ju alltid gestaltas av någon människa med ett så gränslöst påtagligt fördelaktigt och fängslande yttre, att man helt glömmer bort att det man borde identifiera sig med, som, om man borde något, ju vore med ett inre. Men ett inre saknas i filmen. Film är idel ytterlighet och yta.

– Ett tredje bevis, eller en indikation, på filmens absoluta nullitet, nollvärde, är ju det, att det som nu *skrivs* om film, när det skrivs något, är så ynkligt, och skrivet av folk som inte kan få någon utkomst på något vis, medan man på litteratur kan bygga hela existensfilosofier, vetenskaper, stater och imperier.

– Vidare så blir en film GAMMAL redan efter ett år eller två. Gamla filmer sänds i tarvliga betalkanaler på ång-tv i åratal, men till ingen annan nytta än tidsfördrivet. Ty... och här gjorde nu Tegelkrona en konstpaus -: filmen har ju en sådan tilldragande yta, och översvämmar med sin otroliga blotta MÄNGD av bilder människans sinne, och bereder det för ingenting annat, absolut inget annat än en slags trötthetsgråt.

– Filmen har inget språk. Ty man kan ju inte formalisera det överflöd av entiteter som man fångar med en filmkamera. Den mängd av objekt som kameran, mest givetvis av en slump, fångar, - regissören ju är begränsad till att betänka endast en bråkdel av det som kommer med på bild -, denna mängd är ju inte alls vad vi kallar estetiska objekt, men ett sammelsurium av saker som i oordning lämnar spår på celluloiden. Så fångas man till exempel, när man ser på gamla filmer, inte alls av den eventuella handlingen eller av de personer som finns med som s.k. skådespelare, men av små detaljer, tidsbundna företeelser. Man pekar och skrattar åt saker som har blivit omoderna, och hånar människors sätt att tala och pekar finger åt filmen i dess helhet.

– Åt en bok, är det överhuvudtaget aldrig så att man skrattar eller pekar finger. En bok har alltid en viss värdighet, nästan oavsett kvalitet och ålder.

Didrik och Lester Axelsson utbytte ett par menande blickar under denna eruption av vad de uppfattade som nära nog oförblommerat, och en smula omotiverat, *hat*, och sneglade åt den stolta lilla kock-servitrisen med sina pyttipannor och riktade tacksamma nickanden åt denna. Men Tegelkrona sköt sin halvätna maträtt åt sidan med gaffeln och var ingalunda färdig med sin argumentation. Han gned, medan Lesters blick följde servitrisens rörelser, med gaffeln i näven, sin uppåtsträvande näsa med handryggen och fortsatte:

– Att man bara ett knappt halvsekel efter McLuhans banbrytande bok *Media* nu har glömt bort den mycket fruktbara distinktionen mellan å ena sidan heta och å den andra svala media, det är det troligen politisk manipulation som ligger bakom. I filmen finns ju enormt mycket pengar. Väl är det då, att nu internettet tar över, och sätter den bedrövliga filmen på plats. Internet, sa Tegelkrona, och avslutade så med en fantastisk lögn, visar på filmens totala innehållslöshet och därmed dess meningslöshet.

Här hördes nu strax ovan de tre männen en lätt hostning, och en skugga föll över bordet. De tre såg upp från sina tomma tallrikar, och från monologen om filmen, vilken, bara den, krävde ett visst stirrande i tallriken, samt på gaffelns egendomliga och arkaiska form och saltkarets sexkantighet och annat.

Men vem tillhörde då skuggan? Jo, det var sakföraren Bergs. Denne välkomnades nu i sin helhet å det hjärtligaste av Lester. För Edward var bekantskapen inte ny, men han såg sig besvärat omkring. Sakföraren presenterades för Didrik, som nu åter putade ut med underläppen, där en järnten plötsligt djärvt och absurt pekade rakt mot Bergs mage. Så fort nya personer anslöt till kretsen var Didrik skeptisk.

– Det var då för väl att du kom, sa Lester. Edward har fått spader efter vi har vart på bio. Han formligen hatar film. HATAR. Varför gick vi dit, alltså?

Berg såg ut som vanligt. Vissa människor har ju den egenskapen, att de formligen envetnas med att bibehålla en uppenbarelseform, som de av naturen alltid haft och som från det ena tillfället till det andra alltså inte alls förändras. Sådana människor ser på pricken likadana ut efter en månad, som de gör efter ett helt år. Eller tre. Nu eftersträvade ju Berg, som ni redan vet, att likna Elvis Presley, och detta i sig bidrog på ett försåtligt sätt till en viss oföränderlighet, om än inte odödlighet, hos sakföraren själv. Elvis åldrades s.a.s. mer, i Bergs gestalt, än Berg själv. Göteborgs Elvis satte sin hand på Lesters axel och sa:

– Kan vi prata?

– Sätt dej! Detta är mina partners, sa Lester.

– Inte helt korrekt, rättade Tegelkrona och riktade sig till Berg: - Du är vår partner.

Berg blinkade.

Didrik sög på sina metallbitar, de som satt på hans läppar, samt försökte ta ett bra kort med mobilen av servitrisen, som just nu serverade en hamburgare till ett ungt par vid bordet bredvid.

Lester skakade på huvudet och sa till Berg:

– Alla här är med på tavlan. Förstår du?

Edwards ögon var irrande, överrörliga, just som på begåvade personer, och vakna.

– Ojdå, sa Berg, uppriktigt.

– Nåt nytt? frågade Lester, trots att Berg just sagt, att det just var det han ville nämna något om. Även Lester kunde den konst som redan gamla zenbuddister, judiska rabbiner och Stephen Potter i sin klassiker vid namn *Livsmannaskap*. Konsten att komma i överläge.

– Jo, jag har en ny spekulant på... *objektet*. En stenrik kines! sa Berg, som i kraft av sina nyheter, redan upplevde sig vara i överläge.

När samtalet kommit så långt, så beslöt sig sällskapet för att söka upp någon mer diskret plats för att prata vidare på. Närmaste sådan var nu tyvärr inte roligare än Bergs kontor på Södra Vägen. Så de tre tog raskt på sina respektive rockar, och Berg fick lämna *Tintin* utan så mycket som en kopp enkel espresso, bara med lite kycklingmat i en påse. När de gick vinkade servitrisen efter dem, och hon blinkade övertydligt åt den massivt byggde Didrik. Denne var ganska van vid lättfärdiga kvinnor, och nickade kort.

När de fyra herrarna passerade över en nattstilla ishal Aveny vände sig Berg till de andra och sa ljudligt i natten, så att det hördes ända upp till den med snöslask delvis beströdda Poseidonstatyn:

– *Klart man anstränger sig, om man nu får en miljon för besväret!* Edward och Didrik ryckte till. Lester log urskuldande. "Jaha", tänkte Edward, "nu börjar det igen."

Resten av promenaden företogs under tystnad, men ett småleende lekte på Bergs läppar. Nu hade han bäddat bra för sig. Han rentav steg i sin egen aktning. Det var ett vackert drag att från början säkra sin del, samtidigt som man sådde lite split bland de andra. Berg ökade promenadtakten för att på det viset få de andra på efterkälken, även rent fysiskt. Få dem lite andfådda. Richard Berg var inte dum.

KAPITEL TJUGOFYRA.

Edward funderar: Det står i Kap 8 § 1 o § 4 i Brottsbalken i Svea Rikes Lag: "Den som olovligen tager vad annan tillhör med uppsåt att tillägna sig det, dömes, om tillgreppet innebär skada, för stöld till fängelse i högst två år."

Nu låg Edward sedan, efter sju sorger och åtta bedrövelser, hemma mitt i natten till onsdag i lugn och värme, ombonat på sin lagom billiga IKEA-säng, under en med oregelbundna geometriska figurer i grönt mönstrad fleecefilt, och funderade.

Han tänkte på vad Berg hade kommit med, vad gällde tavlan, när de träffade denne hemma hos Berg efter introduktionen på *Tintin*. Berg hade nämligen förklarat att han hade en spekulant på Rembrandten. En kines från Zhenyuan. Enligt vad man kunde se. Denne hade via en chatt på nätet, på engelska, förklarat sig villig att leverera *fem miljoner kronor* i femhundrakronorssedlar till Vasaparken invid den gamla högskolebyggnaden om två veckor, i utbyte mot tavlan. Vid en snabb affär. Kinesen var väl ett av de nya snillena inom den kriminella världen, som hade skaffat en enastående förmåga att nätverka. Och denne kines, som gick under namnet *Idiota*, - och vad han egentligen hette, det vet ingen - kände alltså uppenbarligen personer i Göteborg, eller kunde skicka personer dit, som kunde verkställa växlingar och hämtning och transport av tavlan undan tull och polis.

– Man kan inte veta om något av detta innehåller nån sanning, tänkte Tegelkrona och vickade på tårna, som vintertid hade en tendens att värka när han lagt sig på kvällen. Det hade blivit kallt om dessa, hos konstnären, de yttersta delarna av kroppen.

På hemvägen från sakförare Bergs tornkontor hade Lester och han själv diskuterat fram och tillbaka. En sak var man ense om. Man måste förflytta tavlan bort från Kulturgatan. Det var bara en tidsfråga innan det blev inbrott. Just nu låg ju tavlan på Lesters vind, instucken inuti den gamla fjädersängen. Lester lovade att tänka ut en plan för diskret borttransport. Att man var bevakade det var man nästa säkra på. Sådana där praktiska ting var Lester en fena på.

Fem miljoner snabbt var onekligen bra, men trettio miljoner, som de hade satt som mål, var, enligt samma resoluta sätt att tänka, definitivt mycket mer.

Edward funderade över pengarna. Vad skulle han med dem? Han hade inte behov av dem. Det hade inte Lester heller. Han var också lika lycklig som det var. Vad gällde Didrik och Anna var det en annan sak. Dom behövde nog en miljon eller två. Man kunde otvivelaktigt sänka priset. Vid närmare eftertanke. Så vände han sig ett par gånger och somnade.

Framåt morgonen började Edward att drömma.

Han drömde att han stod i en lång kö med många människor i, en kö som befann sig delvis inne i, delvis utanför en pantbank eller antikhall, som den på Västra Hamngatan. Kön bestod enbart av säljare av olika slags antikviteter. Edward själv stod där, i drömmen, med ett pärlhalsband i höger hand. Halsbandet hade han fått av Lester. Runt omkring, men mest bakom och framför stod andra säljare. Man hade vaser, tavlor och små boxar med juvelhalsband med sig, för att pantsätta. Det var liv och rörelse och ett fasligt liv. Edward tittade i sin hand och såg att halsbandet inte bara var ett vanligt pärlhalsband, som han först trott. Nej, det var på ojämna avstånd insprängd en infattad diamant eller safir. Eller smaragd. Kön ringlade lång. Edward hade kanske en trettio personer före sig. Åter stirrade han på halsbandet, som absolut nyss bara hade varit ett enkelt pärlhalsband. Saker och ting bara händer utan att man förstår varför, tänkte han när han såg de glittrande stenarna. Dom var inte där för en stund sen. Han hade tänkt begära 2000: -, för pärlorna var säkert äkta pärlor. Då hade nu i hastigheten folk droppat av från kön, och dessutom började människorna ikring Edward att peka på hans halsband. Med ens stod han så först i kön, alldeles invid de tre köparna, tre män i vita skjortor och ytterst små röd- och svartrandiga västar.

– Ja? sa en av de unga männen i väst.

– Ett halsband här, sa Edward. 2000: - kanske?

Nästan utan att titta på halsbandet sa då den yngste antikvitetshandlaren:

– Det är värt 200000: -. Såna köper vi inte. Du får gå till en juvelerare.

– Eller polisen, sa en äldre man som kikade över Edwards axel.

Folk omkring Edward trängdes. Edward stördes av att man kallade honom "du". Man kan inte kalla en person för "du" som står med ett halsband som är värt 200000 kronor i handen.

Så vaknade han.

Med blixtrande huvudvärk gick han upp och ut i köket. Klockan var bara fyra på morgonen. Sen gick han in i det enda rummet igen, där han ju både sov, åt och såg på tv. Och målade. Kopiorna på Rembrandten, som han målat, hade han stuvat in under sängen, för att ingen skulle se dem och misstänka något, om

130

nån kom på oväntat besök. Som reparatörer eller sådana. Eller polisen. Andra dukar låg framme.

Han tände ljuset i taket och drog fram de tre kopiorna. Ååh! De kunde ju inte lura någon.

Så dumt, tänkte Edward. Varför göra kopior av Rembrandt. Särskilt om man var tjuv! Enfald! tänkte han. Det är klart att han var enfaldig. Varför annars sitta i en liten lägenhet på 30 kvadratmeter? Att bo så var ett bevis på att man var enfaldig.

Bertie visste, att Lester och han hade Rembrandten. Vad skulle alltså komma att hända nu?

Det var det som var 200000-kronorsfrågan.

Nu gick han ut i det lilla köket igen och satte sig där och såg ut i natten.

Snön föll. Ingen var ute. Plogbilarna hade inte kommit än. Inte en människa ute. Inte en fågel ens.

Hur stod läget?

Klart var att ingen människa skulle betala ett öre om dom inte först, med experter, fick kontrollera att det var en äkta tavla. Inga tavlor bytte ägare i Vasaparken! Inte en Rembrandt i alla fall. Det där var lögn! Så då ljög Berg. Eller? Men Berg kunde inte lura dom, ty Lester hade en hållhake. Var Berg dum? På nätet fanns massor av människor som bara fantiserade. Nån kines med alias *Idiota* fanns kanske inte. Det fanns massor av konstiga människor vid datorer och med mobiler, som fantiserade om saker, o.s.v, o.s.v.

Bertie visste att Lester hade tavlan. Bertie kunde söka igenom hela hans hus och sno tavlan. Bertie hade pengar. Det kunde i själva verket ske just NU. Didrik och Anna kunde få för sig att sno tavlan! De visste var den fanns. Men i alla fall Didrik skulle aldrig lura honom. Och någon mer än dessa visste inte var tavlan fanns. Allt kokade ner till att söka förhindra att Bertie la vantarna på Rembrandten. HONOM kunde man givettvis lura med en falsk Rembrandt! Tillfälligtvis. Om det inte var för sent. Så tänkte Edward, blev sedan sömnig igen och gick och lade sig, tittade tomt på den oöppnade boken på nattduksbordet, *"Änglalik"* av Veronica von Schenk, som han köpt i ett antikvariat för tio kronor, släckte sänglampan och somnade slutligen om.

KAPITEL TJUGOFEM.

Polisen arbetar vidare.

Att ha en Rembrandt försvunnen är jobbigt och att inte ha en Rembrandt, som man borde ha är ett problem. Polisassistent Lantz satt med övervaknings-videos från stöldtillfället och såg, gång på gång, igenom förloppet, ibland i *slow motion*. Han *zoomade* in på detaljer såsom skorna och ÖRONEN på de båda gärningsmännen. Lantz hade två gånger kallat till sig de olyckliga väktarna, Nilsson och Khan, som varje gång föreföll honom mer likt ett komikerpar än något annat, där Nilsson var den tafatte, medan Khan var den klyftiga. Men båda två var alltså mitt i sin tafatthet och förnuftighet, som det tycktes, lika okunniga om vad det kan ha varit för människor som hade lurat dem så grundligt och så snöpligt. De penslar, färgburkar och textschabloner, som man måste ha använt vid själva lurendrejeriet, var ett mysterium. Kanske hade de två tjuvarna haft specialfickor på kläderna, i vilka de forslat ut dessa hjälpmedel?

132

Lantz satt nu med sin medhjälpare, Anna Solesán, och de spanade i arbetsrummet i polishuset på monitorn med videon.

– Det är ju gamla gubbar, sa Solesán.

– Ja, över sextio.

– Dom e inga proffs heller. Det syns tydligt.

– Vi får kanske aldrig tag i dom. Men – å andra sidan – vad spelar egentligen en TAVLA för roll?

– Jojo. Ingen bryr sig om den tavlan. Bara kapitalister och kulturtanterna.

– Så är det nog.

– Nä nu är vi cyniska, sa Solesán.

– Fast det är retfullt. (Lantz lyssnade inte på vad Solesán sa.)

– Vi är ju förlöjligade i tidningarna.

Solesán såg om och om igen på ett videoavsnitt där de båda tjuvarna bar ner tavlan ner för trapporna.

– Men vad gör vi? sa Lantz. Kondrad, som har sökt på nätet har inte fiskat upp något alls. Någon ville sälja en Rembrandt, satte ut ett telefonnummer, men ingen har svarat på det numret. Så vad gör man?

Solesán lät blicken sjunka. Inget användbart kunde utläsas av videon.

– Ja, skit också. Här reste sig Lantz och spatserade fram till polishusets fönster och såg ut över snöslasket på den breda Skånegatan, en gata som i sin karaktär avvek från det närbelägna kvarteret som var fyllt av äldre bebyggelse. Göteborg var, och skulle alltid förbli, en småstad, tänkte han: "Men trevlig."

– Vi går väl hem då! sa Solesán och reste sig med en både tung och ljudlig suck, borstade några bullbitar från tröjan, sträckte sig sedan efter sin jacka, i samma moment som hon med en fot sköt in stolen under datorbordet igen, efter ännu en dags hårt arbete i allmänhetens och rättvisans tjänst.

Lantz sneglade på Solesán och tänkte att hon var vacker. Solesán märkte vad han tänkte, och hon gav honom en blick som talade sitt tydliga språk.

"Försök inte!"

KAPITEL TJUGOSEX.

I Vilket Lester återigen får oväntat besök i sin bostad å Kulturgatan.

Efter det man varit på bio återvände även Lester hem till sin lägenhet och lade sig i sin mjuka säng och sov gott tills det bleka vinterljuset vid åttatiden på morgonen påföljande dag letade sig fram genom persiennerna. Det var nu onsdag.

"Ja, det blir väl att ringa Berg", tänkte Lester. Men Lester och Edward skulle ses och prata om det först.

Lester satt och drack starkt kaffe.

Då ringde det på dörren.

Lester såg på klockan, som bara var nio, och gick och öppnade. Utanför stod två människor, varav en tycktes komma från bostadsbolaget och en från en ventilationsfirma. De hade svarta och blå arbetsuniformer med logos på samt en massa verktyg i händerna. De skulle kolla ventilationen, bland annat köksfläkten, sa dom. De hade ju lämnat ett papper häromdan. Det var sant, ett stort A4 om det hela hade anlänt två dagar före i brevlådan. Alltså släpptes de båda in, en man och en kvinna, båda unga. Kvinna hade gredelint hår och stora glasögon, egendomligt nog, och mannen stort blont skägg. Men folk ser ut hur som helst nuförtiden.

De gick med detsamma ut i köket och började mixtra med att få loss gallret under köksfläkten.

Lester blev givetvis orolig och såg sig omkring i lägenheten, så att han inte hade något avslöjande framme.

– Trevlig lägenhet, sa kvinnan som, med en viss naturlig pondus, förde ordet.

– Jadå. Hur lång tid tar detta? sa Lester som satt vid köksbordet med kaffekoppen på dess rutiga duk.

Då såg Lester att den unge mannen med skägget hade ett deformerat öra. Detta tyckte han var konstigt, som ju alltid deformerade, eller trasiga, kroppsdelar ofta just tycks. Allting som är avvikande från det normala är definitionsmässigt konstigt, enligt majoriteten. Det var något bekant med detta öra, men vad det var, det kunde inte Lester komma på.

Att det var Charlie Nilsson och Shakira Khan, de forna vakterna vid *Pelican Securitus,* som de båda tjuvarna släppt in i lägenheten, det hade han inte någon aning om. Först i efterhand skulle Lester erinra sig att det måste ha varit Charlie Nilsson, med sitt "konstiga" öra, som han släppt in.

Efter en kvart avlägsnade sig de föregivna kontrollanterna. Lester hade inte märkt att tre små mikrofoner placerats i lägenheten på diskreta platser under det korta besöket. Lester gick ut till en duva på balkongen med en liten brödbit. Hade Lester lutat sig ut över räcket så hade han sett de två s.k. kontrollanterna lämna huset, och med detsamma gå till en liten grå Audi, som var Shakiras, men det gjorde han inte. Kanske dags att ringa Edward snart, tänkte han. Gubbarna var båda två morgonpigga typer.

KAPITEL TJUGOSJU.

I vilket vi befinner oss på Burger King vid Järntorget och Johnny snart befinner sig i en remarkabel belägenhet.

Klockan tolv prick mitt på dan på onsdagen inträdde Anna Smith och Johnny Twilfit på *Burger King* efter att ha skakat hand under överinseende av några bronsnymfer som stod i den skålformade fontänen utanför i torgets mitt. Fontänen, som i sin helhet är just i brons, står mitt på det torg där man förr i tiden i staden vägde järn från Bergslagen, innan det skeppades ut från hamnstaden till olika platser i världen, och den visar fem nakna kvinnor som representerar fem världsdelar: Europa, Amerika, Afrika, Asien och Australien. Vanligtvis tycker människor absolut ingenting om denna fontän. Jag har själv aldrig hört någon uttrycka en enda åsikt om den. Jag anser även själv ingenting om denna fontän.

Johnny var lång och smal med ett litet snaggat huvud. Han såg självmedveten ut. Han hade ganska små tänder och var något böjd.

De två, som båda såg spända ut, satte sig, efter att ha beställt, i ett hörn i den stora lokalen, som ju är fylld av prång och lustiga vinklar. Här kunde man tala ostört. De hade snart framför sig varsin cheeseburgare med pommes frites och en liten *Fanta*.

– Hur e läget? undrade Anna, som just nu bara kände en måttlig irritation i högra hjärnhemisfären.

– Fint. Jag har ju kollat runt lite.

– Jag förstår.

Medan Anna pratade gav hon akt på hur det kändes inne i hjärnan, om det blev sämre eller värre när hon yttrade vissa ord, eller tänkte vissa tankar. En viss oscillering kunde hjälpa. Ibland slöt hon ögonen, och vindade med dessa bakom slutna ögonlock. Det brukade få bort det värsta.

– Jepp. Jag skickade filmen på dig till en klubb. Dom blev saliga.

Anna avbröt:

– Jag e inte intresserad. Det är en annan grej.

– Va?

Johnny såg på Anna. Det något egendomligt i tonfallet hos Anna.

– Det gäller att stjäla en tavla. Från en vind. Från ett vindskontor.

– Men …

– Om du inte kan sånt, så är det bara att säga, sa Anna, blinkade med ögonfransarna och sörplade i sig lite *Fanta* med strået.

Johnny såg sig omkring. Ingen hörde vad de sa. Det var nästan folktomt på snabbmatsrestaurangen.

– Klart att jag kan. Om du vill det?

Johnny var kär. Anna märkte det. Han skulle faktiskt göra vad som helst för henne. Han skulle nog mörda för hennes skull, tänkte hon. Hon log och sa:

– Då gör vi det. Vi behöver en bultsax. Resten fixar jag.

Johnny stirrade på Anna.

– En bultsax. Vad är det för en tavla?

– Asch, en gammal tavla bara! En Amelin bara.
Jag gillar Amelin. En tidig Amelin. En olja.

Johnny, som mycket väl visste vem Amelin var,
en fin 1900-talsmålare från Bohuslän, ville sträcka
fram sin hand och lägga den på Annas, men han
vågade inte. Så sa han:

– Jag köper en bultsax. På *Clas Ohlsson.*

– Bra. Kom hit i morgon, samma tid!

– Okey.

Anna reste sig och gick mot utgångsdörren.
Innan hon tog tag i dörrhandtaget, för att dra upp
dörren, vände hon sig om och log mot Johnny. Johnny
satt i den golvfasta bänken på *Burger King* och kunde
själv heller inte resa sig upp, på grund av sexuell
upphetsning. Han fick lugna ner sig med *Fantan* och
med KBT i flera minuter.

KAPITEL TJUGOÅTTA.

*Vari Edward Tegelkrona, tack vare en melodi för
klockspel, råkar besöka Christinae kyrka.*

På onsdagmorgonen vaknade Edward tidigt. Han
hade oro i kroppen, och i drömmen under sen-
natten hade nu dessutom Rembrandt själv visat
sig. Edward drömde alldeles otroligt mycket. Om han
drömde två gånger samma natt, så var den andra
drömmen ofta dålig eller värre. För att bli av med
minnet av drömmen, där den förebrående Rembrandt,
iklädd lång vit särk och med en gredelin turban på
huvudet, samt med palett och pensel i handen, hade
utslungat förbannelser mot taveltjuvarna, så tog Ed-

ward på sig rock och hatt och bestämde sig för att ta sig en långpromenad till Stenpiren bortom Lilla Bommen.

Han befann sig efter strövandet på Stenpiren där han skådat ner i älvens vatten en stund, snart i snålblåsten på Norra Hamngatan utanför det bastanta flervåningshus som Hvitfeldtskan byggde på 1700-talet. Ja just det. Huset där Swedenborg såg branden i Stockholm för sin inre syn. Själv var Edward inte det minsta synsk.

Han fortsatte ner mot Brunnsparken med ett fast tag om rocken, som bara hade en knapp kvar att knäppa med. Plötsligt såg han en liten dörr under en trappavsats. Skylten var svårläslig, men Edward böjde sig fram och läste: *"Göteborgs vinkällare."* Porten var oansenlig. Skylten var det då inte, innehållsmässigt. Den var ju närmast ... löjlig. Porten hade dessutom ett litet hänglås. Man skulle ha kunnat bryta upp det med en liten metallbit av vilket slag som helst. När han avlägsnat sig ett par meter åt Brunnsparken till tänkte han att han givetvis missförstått skylten. Källaren var inte stadens samlade förråd av vin på flaskor och fat, som han sett för sig i sin inre syn, men helt enkelt en liten krog med namnet *"Göteborgs vinkällare"*. Varför var han så dum denna dag? Så KORKAD! Nu behövde han ju allt förnuft som kunde uppbringas! Kanske man blev dum av alltför intensiva drömmar?

Han gick så vidare några meter och tänkte ringa Lester. Men laddningen i telefonen var så liten, så där 9 %, och han stannade och satte telefonen på ultrasparläge. Han försökte få ihop rocken genom att vika in kragen. Bristen på knappar i rocken var förfärlig när det var kallt. "Det är ju själva den!" tänkte han. "Det är precis som om det är brottsligt att bli gammal. Och alla sneglar på en också.". (Det slog honom inte att han kunde sy i några knappar. Depressionen hindrade sådana initiativ.) Så gick han vidare framåt trottoaren. På vänster hand tornade då upp sig den vackra Christinae kyrka, med sitt höga torn, bakom järnstaketet. Han tänkte på hur han en gång på ett sjukhus mött mannen som komponerat visan som klockspelet spelade mitt på dan. Han hette Gernsheim. Vilhelm Gernsheim, och han hade varit en mycket vänlig gammal man. Han lever nog inte längre, resonerade Edward. Han tänkte plötsligt att man kunde gå in i kyrkan, ty han fick för sig att dörren var olåst, för att söka upp någon som visste något om Gernsheim. Och för att få distraktion från tavelstölden.

Så tog han tag i låsvredet, invid skylten som resolut förkunnade att dörren stängde sig själv. "Obehagligt med dörrar som stänger sig själva." tänkte han och steg in, varefter dörren stängde sig själv. Väl inne fanns ännu en dörr, som inte stängde sig själv, och bakom den hördes ljud som från en orkester som stämde instrument. Tegelkrona gläntade på dörren och där syntes några människor med fioler i händerna. Efter en liten stund hade han parkerat sig i en av de bakersta bänkarna, beskådande altare och kor, där en orkester på kanske en 12 medlemmar nu satt och stod med sina stråkinstrument, medan en ung man med välklippt mörkt hår och vacker nacke instruerade ifrån en cembalo, som var placerad så att Edward skulle sett klaviaturen, om inte den unge mannen suttit i vägen. Då skilde honom från orkestern 20 bänkrader, utförda i ljust trä. "Kanske stör jag." tänkte han, "men då får de väl säga till. De är ju vana vid publik."

De var alla unga. Pojkar/män och flickor. Mellan 20 och 35 år gamla. En fullständig stråkorkester, i stämmor räknat, var de. Man hade, syntes det, 3 förstafioler, 3 andra, 1 viola, 3 celli, en teorb, samt en kontrabas. Samt cembalomannen, som dirigerade. Edward var stolt över att han visste namnet på den stora lutan som en av de unga männen hade i knät. *Teorben* alltså. Man spelade denna måndagsförmiddag intet stycke med cembalo till. Efter bara en kvarts diskussion och stämning av instrumenten hade man samlat sig till första stycket, och det förhöll sig tydligtvis så, att man just nu började repetitionen. Edward undrade storligen och befriat vad som skulle komma.

Efter bara några takter in på första stycket, som spelades utomordentligt fint, men givetvis utan mycken dynamik, då det ju var repetition, och dirigenten framför allt ville att man skulle spela rätt, och dessutom för att det kanske skulle vara så, så trodde Edward nu, att han visste, att det var barock. Samt att det var Händel. Kanske nån okänd *Concerto*. Alla instrument stämde mycket fint. Alla var bra. Dirigenten formligen utstrålade musikalitet och hans inpass, när han då och då slog av orkestern och förklarade någon detalj, ja han lyfte med sin oerhörda personliga karisma och rytm hela bandet. Även basisten, en blond, ung man, var förnämlig. Kraftfull och tydlig. Han bar ju hela sin stämma själv.

Edward begrundade musiken medan de spelade. Kompositören, vem det nu var, hade ordnat ett litet planetsystem av toner och harmonier och man njöt av det subtila i ordningen. Ingen interferens kunde här tillåtas. Någon färg hade inte stycket, tänkte Edward, som nu knäppt upp sin rocks enda knapp och brett den åt sidorna i bänken. Inte förrän efter en stund fick stycket färg. Det var nämligen *rött*. Sen man nu spelat detta, så tog man sig an, vad som föreföll vara andra satsen. Men denna var mer dynamisk, även om den nästan var largo, och nu började det hända saker. I musiken alltså. Ty inte många sneglade mot Edward, och han tog även av sig mössan och satte sig till rätta.

Plötslig forsade en flicka in genom dörren till vänster varifrån Edward kommit in, dörren som fanns innanför dörren som stängde sig själv. Hon hade en tjock lodenrock och en grön mössa. Hon bar fiollåda. Hon gick in i kyrkorummet, och efter att ha hängt av sig sin rock på en krok invid en pelare gick hon direkt och utan vidare och lade sig i en bänkrad, och försvann således ur synfältet. "Jaha." tänkte Edward.

Nu spelade man - utan att ge akt på den nytillkomna, mystiska personen - ett annat stycke, som hade ett vådligt intressant långt tema. Temat, eller vad man skall säga, var troligen åtta takter och skapade ett himmelskt ljus i salen, kyrksalen, där nu den med keruber smyckade predikstolen alltmer knirkande lutade sig ut över bänkarna, och ett svagt skimmer från vårsolen tycktes vilja tränga in genom alla små färgade rutor bakom koret. Klockan var väl så där halv tolv.

Det nya stycket, som förmodligen inte var av Händel, var fantastiskt och nu var färgerna i musiken mångahanda, och Edward tänkte, att här var nu ett stycke med interferens i. För övrigt tänkte han, att man skulle kunna skriva en roman med en handling, som var så vacker som detta stycke med det långa temat, och sen låta en annan handling styras in, för att, som i och med införandet av en blåsvart liten klättermus skapa en annan ordning än förut på allt.

142

Man spelade vidare och ingen brydde sig om honom, och man brydde sig inte om flickan som försvunnit i bänken heller. Det var lite surrealistiskt, men Edward tänkte, att man säkert hade hemliga regler i detta sällskap, och det var inte mer med det. Bra spelade dom också! Ingen av musikerna var dålig. Ingen spelade fel och ingen hade dåligt stämt.

Då, nästan som genom magi, och efter ytterligare ett stycke, som var ÄNNU vackrare, och snabbare, än de förra, i den efterföljande tystnaden applåderade den osynliga flickan som låg i bänken. Repetitören märkte detta. Han trodde dock kanske att det var Edward som applåderat, men sedan väsnades flickan lite med en sko i bänken, och mannen med den vackra nacken märkte henne.

Det visade sig att hon för dagen var aningen sjuk, och vilade sig. Vid det laget hade Edward, som emellanåt led av panikångest, fått en puls på 128 av blotta misstanken från dirigenten om att applåden kommit från Edward själv, och han passade på att smita ut ur kyrkan, vilket var lätt, eftersom dörren stängde sig själv.

Väl ute satte han på sig hatten, knäppte knappen och tog några steg mot Brunnsparken, starkt upplivad av den enastående musiken från den okända orkestern. Kanske var det inte Händel, men Vivaldi? Vivaldi, den "röde prästen", han med flickorkestern!

Då slog det honom, mitt i steget, att han inte hade haft telefonen avslagen. Tänk nu om Lester ringt mitt i det där otroligt vackra tredje stycket, och ringsignalen, som var en liten snutt med Dolly Parton, en snutt som Edward laddat ner från nätet, då plötsligt gällt hade brutit av hela härligheten! Det hade varit en *interferens* det. Nu steg pulsen än mer, och Edward skämdes. Orkestern var ett exempel på ärligt och fint och gediget arbete. På talang och på konst, och på anständighet. Sådant som livet borde vara.

Sen lugnade han sig, och tänkte: "En högre makt har idag hindrat Lester från att ringa mig, medan jag var i Christinae Kyrka för att leta efter Gernsheims öde." För att lugna ner sig stängde han - nu i efterhand - helt av telefonen, och sökte minnas stycket med det långa temat, där färgerna påminde om Hogarths i *Tarzans Julbok* från 1949.

Väl framme vid busshållplatsen vid Kungsportsplatsen, dit han nu gått för att ta buss 18 upp till Johanneberg, och för att lunga ner sig och bearbeta musiken, kom tankarna på tavelstölden och Rembrandts arga blick åter.

Rembrandt var ju vanligen svår att tänka sig som förbannad. Men det hade ändå drömmen lyckats med. Rembrandt fräste, spottade och svor.

– Din skitstövel! hade Rembrandt skrikit, och uppenbarligen hade denne alltså, som död och/eller evig, lärt sig svenska.

KAPITEL TJUGONIO.

Liksom en havsbävning.

Det var en ovanligt vacker dag i slutet av februari, denna onsdag. Solen hade med värmande strålar brutit fram och molnen plötsligt, av en den mildaste västvind, drivits in mot västsvenska höglandet. Den relativa värmen i den nya luften hade smält undan snö och is från dagen före från gatorna och grenarna på träd och buskar, och ifrån det gröna taket på Hagakyrkan, som sträng och allvarlig i sin kolossform blickade ner mot Engelbrektsgatan i den blida, mycket klara, dagern. Ljuset över staden var som pånyttfött. Ett par gråsparvar flydde över varandra undan en kajflock på trottoaren utanför *Tintin*, där dörren för en stund lämnats öppen för vädring. Och det var alltihop som en försmak av den underbara våren i luften. Träden stod nakna och svarta i Hagaparken, med knopparna väl inslagna i flera sinnrika, mångfärgade höljen. Varje knopp värnade om sig, likt kring en speciell gåta. Bertie satt åter på *Tintin*, och återigen var han ensam. Som vanligt. Ensamheten är det vanliga. Men den är mer vanlig hos vissa, än hos andra. Och värre. Hos Bertie var den medelsvår.

- "Så patetiskt." tänkte han." Att inte kunna få tag i en tavla av sådana pundare. Men att se Anna där. Det var en överraskning." Alltihop var givetvis en oerhörd slup. Anna hade ingenting med tavlan att göra. Att Anna var där var både obegripligt, löjligt och – samtidigt – ominöst. Varför hade ödet …? Och retligt.

Men i Bertie flöt nu ovanliga känslor omkring. Hans kinder hade fått en helt annan färg än vanligt. Händerna darrade en aning. Tankarna löpte inte så fritt, som de brukade. Kort sagt, så var det svårt för Bertie att tänka på något annat än Anna. Han såg hennes lilla gestalt med de stora ögonen, ögonfransarna, de löjliga, och den fräcka munnen, med en ovanliga amorbågen, vad han än såg på. Överallt. Kanske var det nu ändå dags att försöka starta ett förhållande. Om hon nu ville? Tänk att hålla om henne! Att kunna hålla med sina armar om Anna!

Han sneglade ut mot gatan, där det var ljust och där en skock skolungdomar kom gående, knuffandes och skrikandes. Vad visste skolungdomar om livet? Nu kände sig Bertie som om hans själ varit med om en jordbävning. Eller en havsbävning! Ty allt kändes i magen. Anna Constantia hette jordbävningen eller havsbävningen!! Anna var vad havsbävningen hette! *Jordskorpan hade satt sig.* En reva hade slitits upp, blottande det glödande järnet som glödande flöt i planetens inre. Och så sköt nu havsbottnen upp och tryckte upp havet och skapade enorma svallvågor på havet som slog mot alla kuster och raserade vad allt som kom i dessa vågors väg. Anna och den lille Theo! Hans son! Lille pojke. Med den vakna blicken. Han hade ju spionerat då och då, från bilen.

Att skolungdomarna inte visste något om hans inre jordbävning, det kom denna att te sig desto märkligare. Här satt nu Bertie, kanske en av landets rikaste män, ty internetekonomin är en märklig Fågel Fenix, och denne man, Bertie, med *DI*, *Dagens Industri* hopvikt i fickan, var nu helt upptagen av tanken på att omstöpa sitt liv från ett liv som den 100 % -ige internetaffärmannen till något mer diversifierat och mänskligt.

Bertie tänkte nu på hur Anna och hennes vänner eller bekanta var i besittning av tavlan. Hur skulle han nu kunna kombinera dessa två affärer så att utgången blev den han önskade? Han ville faktiskt ha både Rembrandten och Anna. Men med Rembrandten fick det ju gå som det ville… Snarare, tänkte han, kunde han använda sig av Rembrandten som en förevändning. Måleri hade han ju inget intresse av. Pengar hade han också egentligen alldeles tillräckligt av. Att tjäna pengar blir lätt som en sport, tänkte han,

146

en ångestfylld sport. [Här vägrade egentligen hans tanke att formulera sig.] Bertie tänkte på att han läst - Bertie tänkte ofta på vad han läst, och han läste ju mycket - att finansmannen Marcus Wallenberg – inte häradshövdingen, men dennes son - en gång sagt att det att tjäna mycket pengar var ett heltidsarbete, som hindrade en människa från att syssla med någonting som helst annat. Wallenberg hade menat att han själv t.ex. var en ganska obildad man. Han hade inte alls haft tid att bilda sig. Vad alls hade han haft tid till? Att offra sig för Sverige? Vad var ett land? Vad var Sverige? Bertie tänkte på länder som ekonomiska zoner. Som förvaltningsområden. Nationalism, det hade Einstein en gång sagt, det var Mänsklighetens mässling, en barnsjukdom.

Efter att ha kollat börs- och valutakurser och lite annat i mobilen funderade han nu på hur det var med Furenkreutz. Denne hade uppenbarligen, eller i alla fall inte just för honom underkunnigt, ännu inte kommit till Sverige för Rembrandt-affären. Bertie plockade fram det senaste sms:et från Furenkreutz, som plingat in för några timmar sen. Det lydde nämligen – i översättning från engelska - kort och gott:

"Kvar i London. Äter krustader."

Bertie svarade nu lakoniskt på detta:

"Ja, här görs inga krustader direkt. Inte för närvarande."

Detta begrep givetvis Furenkreutz.

KAPITEL TRETTIO.

Försäkringsfrågan och stölden i sig, samt om det idiotiska i att handla med stulen konst av digniteten "Rembrandt"

Museichef, intendent Sven-Tycho Swartz, en lång stilig herre, satt följande dag, som var en fredag, den nionde, återkommen från Bilbao, där han gjort slut på c:a 150000 av skattebetalarnas pengar, i möte på *Hotel Opera* med två representanter från försäkringsbolaget *Magna Ocean* gällande Rembrandts i november från konstmuséet i Göteborg stulna tavla. På radion hade man meddelat från SMHI, att ett oväder var på intågande, men här inne på hotellet var det sannerligen varmt och gott, med alla ett femstjärnigts bekvämligheter, onödiga lyx och pampering. Här fanns en hel våning med uppvärmda nagelterapeuter.

I mötet deltog även kommissarie Viktor Plungert, polisintendent Lantz, dennes kompanjon, konstapel Solesán och internetspanare Kondrad Pettersson. Tillsammans med Swartz fanns där också, bland de, som till begravning uppklädda, människorna kring det blanka bordet en ytterligare kvinna samt tre män. Lantz, som inte kände sig vidare orolig inför mötet, trots det ynkliga spaningsresultatet, såg sig muntert omkring. Där kunde man alltså se Konstmuséets egen jurist, Märta Botton samt en kortväxt man, Daniel Musgrave, från den internationella konsttrusten sitta med varsin iPad framför sig. Där fanns även två försäkringstjänstemän. De två försäkringsmännen, M. Ogden, en liderlig typ med röd näsa och saliven droppande från underläppen, och T. Richards var, så att säga, käranden i fallet, då de ju riskerade att behöva betala till Musgraves huvudman, ägartrusten, åtskilliga miljoner i ersättning för tavlan. De båda juristerna ställde sig frågande till hur i hela friden det nu skulle vara omöjligt att spåra vad som föreföll vara två amatörer, som mitt framför ögonen på professionella vakter och visstidsanställd personal fört ut tavlan genom muséets huvudentré. Hade polisen alls ansträngt sig, - det undrade man.

Rummet var mycket elegant, men ödsligt och bringade en känsla av operationssal till somliga av de närvarande. Åtta sterila, blålila kaffekoppar, som tycktes vara gjorda av sällsynta jordartsmetaller, stod på bordet, tillsammans med två stora stålkannor. Där fanns även ett fat med kakor, som liknade bondkakor. Från taket kastade ett flertal strålkastare ett iskallt vitt sken. Genom tre höga fönster kunde man – helt meningslöst - se ut mot Centralstationens tak, där ett virrvarr av murarglädje syntes glöda i middagssolen, över små torn och diverse pyramidiska strukturer i mörkrött tegel.

Samtalet fördes på engelska. Dr. Ogden undrade översiktligt:

– Har ni ingen misstänkt? (*"Do you have any suspect?"*)

– Nej, ingen, sa Plungert, vars energiska attityd dolde – och alltså uppenbarade - ett fullständigt ointresse för polisarbete.

– Någon ledtråd?

– Nej. Ingen.

Plungert hade för vana att ibland svara militäriskt. Troligen för att i förebyggande syfte injaga både förvirring och respekt.

– Jag vill bara påpeka att det här rör sig om en summa om c:a 100 000 000 000 kronor, över 90 000 000 000 pund! Hundratals miljoner. [överdrift].

Trustens ägarrepresentant, Musgrave, nickade här. Richards gav sig in i diskussionen:

– Det finns ju en typ av brott, som är sällsynt krånglig vad gäller försäkringsmatematiken. Det är just stöld av antik tavla från muséum. Här har det visat sig att sannolikhetsläran egentligen inte är till mycket hjälp. Det vill säga, sannolikheten talar i stort för att tavlan kommer tillbaka.

– Men det är dock så stora variationer i tidsrymden beträffande just NÄR tavlan återfinns eller återbördas.

– Det är också min uppfattning, sa Sven-Tycho Schwartz.

– Vilken? undrade Lantz och antecknade på ett block vid sidan av sin dator.

– Att det är svårt att veta.

Nu hostade Ogden ljudligt.

– Vi har fått en redogörelse för spaningsarbetet. Men en sak vill jag gärna ytterligare ha upplysningar om. Är de båda säkerhetsvakterna bland de misstänkta?

– Vi har inga misstänkta, sa Lantz och Plungert nickade.

– Varför föll golvet in i muséet, undrade nu Ogden, åter anklagande muséet.

Schwartz började nu bli irriterad.

– Ingenting av vad som har hänt är muséets fel!! röt han. Allt är de sabla [damned] vakternas fel! Åtala dem för tjänstefel!

Sällskapet, av vilka ingen hade något personligt intresse i frågan om tavlans återfinnande eller ickeåterfinnande, satt i två timmar och grälade, spegelfäktandes, om vem som skulle anses vara skyldig, muséet, vaktbolaget eller polisen, och allt detta, trots att kontraktet mellan muséet och huvudmannen var glasklart. Som muséets jurist, den prydliga Märta, vars stålgrå hår sken, påpekade, så var mötet alldeles i onödan, ty inga pengar skulle betalas i någon riktning förrän ett och ett halvt år gått och tavlan antingen icke återbördats eller funnits i strimlor och flagor.

Så befann sig nu till exempel de båda engelsmännen Ogden och Richards alldeles i onödan i en av världens tråkigaste städer en onsdag i februari. De satt sedan, efter mötets upplösning i intet, i baren på *Hotell Opera*, och sneglade ut mot en till döden tråkig vy över några tak på vilka man delvis skottat bort en del snö. Båda tänkte att de hamnat liksom på en civilisationens bakgård. Ett par måsar satt nu där i sörjan och blickade tillbaka med ilsken uppsyn på de två männen från Themsens mynning. Det var som om måsarna sagt: vad hade ni väntat er?

– Vad gör vi nu? undrade Ogden, som i alla lägen förde ordet.

Richards suckade.

– Ja, vad KAN vi göra?

Båda funderade över det faktum att flyglägenheten hem var satt första till i morgon kväll. Sammanträdet hade schemalagts som ett tvådagars, eftersom man trodde, att man skulle bese muséet där stölden ägt rum, men vid samtalet hade beslutats, att försäkringsbolaget skulle ta hjälp från Londonpolisen, från Scotland Yard, och då var det egentligen inte till nån nytta om två försäkringstjänstemän besökte muséet. Det menade i alla fall Plungert och Lantz, och dessa fick medhåll av alla andra, inklusive Musgrave. Musgrave planerade en långhelg i Sverige med besök på godset Grimeton, i Halland, där han hade släkt och där det en gång i tiden funnits en radiostation, vilket han var passionerat intresserad av.

– Vi måste lämna detta intiga [futile] hotell. Det måste väl finnas nattklubbar? I alla fall? menade Ogden förfärat.

– Vad kan en stackars försäljare av konstförsäkringar göra? ropade Richards låtsat teatraliskt. Kan vi inte leta upp två kvinnliga konstverk, några som är helt [quite] levande [live], varma [hot] och snälla [friendly]?

Nu åhörde ett flertal människor i baren de två misslynta engelsmännens konversation. De var ju så besvikna. Först på ärendet, och sen på Göteborg, som ort att vistas i en vardagskväll i februari. En av åhörarna lösgjorde sig från massan vid baren – ty dricka drinkar kunde man i alla fall göra i denna stad, så där var fullt med folk – och närmade sig, elegant klädd och med utsökt Londondialekt. Det var Furenkreutz. Berties nyfunne vän, som inte alls var i London, men dagen förut anlänt med flyget till staden.

– *Hello*! sa Furenkreutz.

Furenkreutz vann snart de båda Londonbornas förtroende. De talade nu, alla tre, i munnen på varandra om Rembrandtkuppen. Denna var ju en snackis i konstkretsar, såväl som i kvällspressen och i vardagen. Alla fann det mycket spännande med tavelstölder, och särskilt när den inbegrep ett verk av en så uppburen mästare som Rembrandt. Somliga kom delvis ihåg kuppen den 23dje december år 2000 mot Nationalmuséum i Stockholm.

– Vad som är slående är, hur klantigt inte bara svenska väktare beter sig. Jag litar ju inte på, eller värderar inte alls högt, kompetensen hos svenska polisen, sa Ogden.

Det föll sig naturligt för de tre engelsmännen, som dessutom, implicit, identifierade sig som brittisk överklass, inte utan skäl, att slå an den nationalistiska strängen i samtalet. Man fick ju då en ökad gemenskap, och därmed en ökad trivsel i den sterila och ogästvänliga miljö som man nu befann sig, mitt i en av världens absolut tristaste småstäder.

– Nå, det förefaller som om den svenska staten inte har mycket tilltro till dessa båda grupper, ty vet ni vad? Man har alltså som nära nog officiell policy att i slutändan, från just statens sida, ersätta alla stölder från muséer med skattemedel!

– Va? sa Furenkreutz.

– Ja, det är socialism! sa Ogden, som förutom ett generellt genomgånget Eton var utbildad i USA i forensisk metod vid Boston University. Det är ju så, att det är mycket mer sällsynt, att en britt anklagar Sverige för att vara socialistiskt, än att en amerikan gör det. För en amerikan är Sverige för evigt, minst sedan Birger Jarls dagar, en sovjetstat.

– Men, menade Furenkreutz, dt betyder ju att vilken främmande stat som helst, som har lite metod och organisationsförmåga, kan länsa den svenska statskassan genom att gå in på muséerna och plocka åt sig konsten där!?

– Exakt. Det är en delikat uppgift att vara försäkringsutredare åt en främmande makt i detta land. Om man aktar sig bara lite, så får man ju pengarna i handen. Men man kan givetvis också göra bort sig, sa Ogden.

Richards nickade och sög på ett litet sugrör, som han hade funnit i ett ställ för sådana.

– Kanske man skulle öppna ett konstmuséum i detta land? sa Furenkreutz.

– Intressant fantasi, menade Richards förstrött och bröt sönder sugröret mellan tänderna.

Här dog samtalet ut för en stund, eftersom Ogden hade fått ont i magen av en sillsmörgås han ätit för en timme sen. Han började tala om sin mage istället. Han var en magmänniska, och eftersom Furenkreutz och Richards båda var hjärtmänniskor, så blev det nu tvärslut på den stora gemenskapen. Det finns som bekant bara två slags människor, hjärt- eller mag. Istället gick både Richards och Furenkreutz för att skaffa sig en uppfattning om nöjeslivet, via bartendern, medan Ogden gick på toaletten. Nöjen är mycket nyttiga för hjärtat.

Vad man inte alls diskuterade, i sitt teoretiserande kring stölder i Sverige, var frågan om avsättningsmöjligheterna för den stulna konsten. Dessa möjligheter är ju nu och fortsatt i framtiden högst begränsade. Stölden av t.ex. en Rembrandt är alltså i det närmaste att betrakta, nu och i framtiden, som ett idiotdåd, oavsett hur mycket den svenska staten är beredd att ersätta muséerna. Till slut finns det ingen konst av intresse på muséerna, men bara en massa pengar att inhandla sådan.

Det blev efter hand för sent för att försöka förflytta sig till någon klubb i staden, och Ogden och Richards beslöt sig för att gå och lägga sig, medan Furenkreutz gick ut i natten för att invid hamnkanalen beskåda staden i snöfallet, som tilltog med alarmerande styrka.

– Om man nu med fog kan säga, att det, att stjäla en Rembrandt är en idiothandling, så är det väl en ännu större idioti att köpa en sådan stulen, sade Furenkreutz till sig själv, medan han halkade fram över Brunnsparken i vanliga lågskor och svepande sin mycket långa svarta filtrock närmare kroppen, för att utestänga den ökande vinden och det allt vildare nattliga snöfallet.

Han rotade fram telefonen och höll den i skydd av ett träd och ringde upp Bertie. Denne svarade ett sömnigt och ilsket:

– Hallå!!

Klockan var ett på natten.

- *Furenkreutz here. In Gothenburg. Can we meet, right away?*

KAPITEL TRETTIOETT.

I vilket snön återigen ömt fallit och Didrik och Anna promenerar bland landshövdingehus i Majorna med pojken Theo.

På torsdagsmorgonen hade nu snön blivit decimeterhög på gatorna i Göteborg. Staden var utsatt för ett långrandigt oväder, men som det var ett snöoväder, och som nu just passerat, så låg staden insvept i tystnad, och detta lockade fram en egendomlig glädje hos människorna, och man ville gärna gå ut och visa den, samtidigt som man fyllde på densamma i närkontakt med den mystiska snön själv.

Didrik och Anna och lille Theo var tillsammans hos Didrik, som inte bara hade vistelseort på sin kanonbåt i Gullbergsvass, men även ägde en liten våning med bättre komfort än ett svenskt äldre kanonbåtssnitt. Denna våning låg i Majorna. På Djurgårdsgatan, och där stretade de tre nu fram i snöfallet på en promenad, för att motionera barnet och för att själva också få lite luft. Medan det pjäxförsedda barnet roade sig med snön förde de två vuxna en diskussion som rörde sig nästan uteslutande kring den nu alltmer besvärliga tavlan.

– Tror du vi får några pengar av gubbarna? Undrade Anna.

– Ja, jag tror det, svarade Didrik, medan hans blick sökte i fjärran.

– Verkligen? sa Anna och stirrade ner i snön.

– Ja, jag tror att dom gillar oss. Tegelkrona i alla fall. Tegelkrona skulle aldrig lura någon.

– Nä.

De iakttog hur Theo glatt sprang i snön, sparkade i den och hur han sen tog upp snö i händerna och gjorde en snöboll. Han kastade en mot Didrik.

– KOM! ropade Theo, och det lilla ansiktet lyste av glädje.

Didrik böjde sig ner och gjorde en snöboll.

– E de is i hamnen? undrade Theo.

– Nä, det e de sällan, svarade raggaren.

– Varför inte?

– I strömmande vatten blir det sällan is. Och stan värmer upp också, med alla avlopp och allt.

Didrik lekte sen en stund med barnet.

– Va´ e´ de? undrade Didrik och såg på Anna. Varför e´ du så tyst?

– Vaddå?

– Ja? Didrik blängde på Anna.

– Jo, jag tänkte att nån kommer kanske att lura av gubbarna tavlan. Så får vi inga pengar.

– Du menar Berg?

– Aa.

– Men det är svårt att sälja en sån tavla. Kanske bara en sån som Berg KAN det. Jag skulle inte kunna det. Bara en van hälare kan det.

– Ja.

– Att stjäla en Rembrandt är som att ...

– Vaddå?

– Ja de e kul, men de e meningslöst.

Anna Constantia sa inget som kommentar till detta. Alla tre ägnade sig sedan åt att kasta snöboll. De tog en promenad uppåt gröna gatan och så småningom slappnade de av och tänkte nästan inte mer på tavlan.

KAPITEL TRETTIOTVÅ.

Två affärsmän möts i svarta natten i en lägenhet i centrala stan över några Martinis och inser hela svårigheten i situationen.

På Aschebergsgatan hade vid 02.00 A.M. på torsdagensmorgonen de två penningstinna unga männen sammanstrålat IRL, *in real life,* och satt nu i Berties salong och språkade.

Furenkreutz var som ett frågetecken. Varför hade inte Bertie, när han hade varit där med sina två torpeder, helt enkelt tagit ifrån de gamla gubbarna tavlan?? Bara att vrida om en arm, om man säger...

Bertie rodnade. Eftersom han hade ett begripligt skäl, så tänkte han att det var lika bra att avslöja det.

– *My ex wife was there.* Mitt ex var där. Vi har barn ihop. Jag kunde ju inte ställa till med bråk och börja misshandla hennes vänner! Det fattar du väl?

157

Furenkreutz förstod nu, när han så fått detaljerna, vilka inte inledningsvis framkommit.

– Så, då kan vi inte ta tavlan alls, eftersom du inte vill sabotera ditt förhållande till, vad var det hon hette?

– Anna.

– *Aye aye. This is not good at all. Love, love, love.* Och det är hennes VÄNNER som är tjuvarna …

De satt nu tysta.

– Har du nån musik? undrade Furenkreutz och tog av sig de stålbågade glasögonen, som han putsade om och om igen, då han inte var van vid att låta dem hamna i snöoväder.

Och efter en stund satt de nu båda och lyssnade till Aretha Franklin. Furenkreutz såg sig om i rummet. Det var ganska kalt. Några enstaka tavlor och gardinerna var fula. Grå och tråkiga. Men att de var tunga var ju ett plus. Människor måste vara intresserade av inredning, annars kan man inte lita på dem. Inredning och mat måste folk vara intresserade av. Annars var det något fel.

– Om inte du nu stjäl tavlan, så bör man ju ändå kunna köpa den av dom.

– Jo.

– Men då går jag dit och gör en affär i morgon.

– Du får göra affären. Jag tänker inte delta.

– Varför inte?

– Jag har redan gjort bort mig. Visade upp mig med torpeder. Jag gör det inte.

Bertie skakade på huvudet och tänkte på datorn i garderoben. Så mycket enklare det var att bara arbeta med datorer. Och med människor som brydde sig om datorer.

Så fanns det kanske en klyfta mellan de två. Inte en avgrund, men en klyfta.

– Okey, men då är vi överens?

– Jess.

De skildes åt, skakades hand. Efteråt kunde Bertie inte sova. Som ofta hände gick han återigen, mitt i natten, ner till *Tintin*, som ju alltid är öppet, 24-7. Efter en halvtimme satt han med en smörgås och en kopp kaffe och såg ut över den tomma lokalen. Den söta flickan, som ensam utgjorde den generelle Andre, var bekymrad över något, men Bertie kände inte alls för att prata.

KAPITEL TRETTIOTRE.

Edward dyker upp arla hos Lester, som blir både förvånad och lättad.

Solen hade ännu inte försökt tränga igenom grådiset denna torsdagsmorgon när Edward begav sig hemifrån med ett paket under armen. Paketet såg ut som en ihoprullad matta, och det var det också. Han brydde sig inte särskilt mycket om ifall det var någon som spanade på honom, men ögnade i alla fall snabbt igenom raden av bilar som var parkerade både på själva Abrovinschgatan, där han bodde, samt på parkeringsplatsen som låg på väg till den stora fula kyrkan. Ingen människa syntes i bilarna.

Edward, nu åter i sin gamla skinnrock, väjde undan för några svarta duvor som örade omkring i några uppkörda hjulspår i snön och halkade själv till lite, men han hade god balans och fortsatte sen sin väg. Hans mål var Kulturgatan och hans ärende var att nu ersätta den äkta Rembrandten med en falsk. På morgontimmarna hade han snabbprocessat sin bästa kopia så att den såg gammal ut genom att använda gammalt pjäxläderfett, smuts och lite hårspray och lite fixativ. Duken såg nu urgammal ut, och han hade skrynklat den och vikt upp, skrynklat och vikt upp. På baksidan hade han klistrat en lapp, som företedde vissa likheter med det intyg, som satt bakpå originalet. Han hade studerat detta intyg så noga att han visste allt om det, och han hade även ett foto av det, liksom av tavlan i övrigt, i sin laptop.

Träden, i den lilla park han korsade på väg ner mot Wijkandersplatsen, stod mörka och blöta mot den mörkgrå himlen. Vädret var stilla. Han var nu helt nära den stora kyrkan, och det fyrkantiga jämntjocka tegeltornet stod väldigt högt snett framför honom. Han var tvungen att stanna. "Ett sånt torn!" sa han för sig själv. Det var ett obeskrivligt fult torn. Det var gjort i gult tegel. Det renoverades nog så ofta som vart tionde år. Det hade svårt att hålla ihop. Edward tyckte om gamla kyrkor. Inte funktionalistiska. Han bytte arm med mattpaketet. Sen gick han vidare, en liten trapp och fortsatte ner till Lesters.

När han ringde på uppe på Lesters dörr dröjde det ett slag innan denne öppnade. Lester sov länge, medan Edward alltid, som patologiskt oroliga människor gör, vaknade tidigt. Men denna morgon tog det väldigt lång tid för Lester att öppna.

– Hallå! sa Edward och såg på Lester som hade ett "hysch" på läpparna.

– Hallå! sa Lester.

Detta var deras normala sätt att hälsa.

Så upptäckte Edward att Lester hade papper och penna i handen. Lester satte sig på knä i farstun och skrev på papperet.

"AVLYSSNADE. Prata på om nån film du såg igår. Prata INTE om tavlan."

Lester gav papperet till Edward och de gick båda in i lägenheten.

Edward började omedelbart tala om Churchillfilmen, som han hade SETT OM igår. Han hade nu upptäckt nya detaljer. Och bland annat sånt som inte var med. "Man borde talat mer om Winstons inställning till kvinnor." Efter en stund sa Lester att han hade en ny version av Brahms *Tragische Ouverture*. Ville inte Edward höra bara början på den? Jodå. Lester stoppade in cd:n i spelaren med ett surr och satte på musiken. Sedan gick de ut i köket och försedda med var sitt anteckningsblock diskuterade de nu viktiga spörsmål under det att musiken fullständigt ruinerade förmiddagslugnet. Volymen var satt högt. Troligen hördes den ut i trappan också. Lester visste att Edward inte gillade just denna ouvertyr, men musiken var just nu till för att döva de öron, som kanske just nu sökte uppfatta något av vad de båda tjuvarna diskuterade, och särskilt vad de kunde ha att säga om tavlan.

Lester hade också diskret pekat på den plats bredvid luftintaget under stora fönstret i vardagsrummet där buggen var placerad. Edward hade nickat.

Nu satt de i köket.

- "Vi är avlyssnade." skrev Lester.

- "Jag har med mig en behandlad Rembrandtkopia."

Lester: "Kan det ha varit Securitusvakterna?"

Edward: "Det VAR dom. Jag kom på det i går kväll. I en minnesflash. Killen har ett trasigt öra. Tror han heter Nilsson"

Lester: " Vad gör vi."

Edward: "Vi säger högt att vi placerar tavlan under din säng. Vi klistrar fast den där."

Lester." Och sen."

Edward: " Det räcker."

Lester: "Sen får dom sno den?"

Edward: " Jepp."

Sedan gick de ut i rummet och stängde av musiken.

Innan de agerade vidare kände sig Edward ändå tvungen att med bestämd röst säga:

– Det är något sjukligt med Brahms!

Lester brydde sig inte om att svara. Han log istället.

Överhuvudtaget tycktes Lester denna dag pigg, och man märkte nästan inte av att han var en gammal missbrukare. Ryckigheten i kroppen var som försvunnen och han tycktes allt som allt ha ett lätt sinne.

Tavlan klistrades, efter det Edward gjort vissa justeringar, så att den skulle likna originalet ännu mer, med silvertejp under Lesters 120 cm breda säng. Mattan, som den varit inrullad i, lades på Lesters linoleumköksgolv. De beslöt alltså, implicit, att inte alls bry sig om att flytta på den Rembrandt som vilade i vindsförrådet. Man måste ha is i magen, tänkte de båda två. Stöldverksamhet och hysteri passar dåligt ihop. Sen tog de på sig sina jackor och rockar för att gå ut en sväng. Klockan var redan 12.30 på dagen. Just innan de skulle gå ut ringde det på dörren.

– Inte redan väl? viskade Lester i Edwards öra.

– Icke. Det är nån annan.

De öppnade dörren. Lester, med Edward tätt bakom. Som Bill och Bull.

Det var Furenkreutz som, elegant i lång svart rock och en liten blå hatt stod utanför, ensam, med en silverglänsande liten pistol i handen. Det var något utländskt och flärdfullt över Furenkreutz. Han log och höjde långsamt pistolen.

KAPITEL TRETTIOFYRA.

Anna Constantia har klätt sig i jeans och skinn-paj och Johnny har arla varit på Clas Ohlson.

På pricken klockan tolv på torsdagen möttes de två ungdomarna, som kunde vara födda på samma dag, under de omständigheter som avtalats. På Järntorget och Johnny hade inhandlat en styck mindre bultsax i Nordstan en timme innan. "Det räcker med en liten." hade Anna sagt.

Anna hade sin bil parkerad på Haga Östergata, som alltid är lätt öde. De skippade lunch på Burger King, vilket Johnny tyckte va synd, ty Burger King har, som alla vet, gott kaffe. Några rumänska tiggande kvinnor rörde sig fram och tillbaka över torget. Förmodligen såg de allt och kom ihåg allt. Anna, som själv tillhörde en slags lägre kast, kunde inte låta bli att ibland formligen stirra på dessa människor, som kom från främmande land, tiggde och samlade burkar. Man skulle kunna tro, att Anna skulle värja sig mot dessa intryck av fattigdom. Istället grottade hon ner sig i spekulationer över dem, hur dom hade det, vilka familjeförhållanden de levde i, och om hur kvinnorna utnyttjades. Hon undrade även över deras kläder. Rumänskorna tycktes ha ett otal plagg på sig. Kanske tjugo stycken. Deras män syntes inte till, men Anna var säker på att ingen av kvinnorna var ogift, att alla hade barn och att ingen av männen satt hemma och passade dessa barn.

Johnny sneglade på Anna, som sneglade på kvinnorna, medan de tog sig mot Östergatan.

– Vart ska vi?

Johnny hade åter hamnat i hopplöst underläge. Han visste bara inte hur han skulle ta sig ur det. Allt han kunde tänka var: "Så kan det gå." Han hade trott, i sin vanföreställning, att han närapå hade haft Anna som i en liten ask. Nu hade hon honom som i en liten ask. Och denna ask tycktes himla liten.

– Till Johanneberg. Hämta en tavla på en vind. Skitenkelt.

– Vad är det för en tavla?

– En Rembrandt.

– *En Rembrandt*??

– Ja.

Anna låste upp bildörren och Johnny hoppade in på motsatte sidan i den lilla Nissan. I handen hade han plastpåsen från *Clas Ohlson*, med innehåll. Även Johnny hade skinnjacka, en brun. Johnny var ju lång, och han hade besvär med att få plats med sina ben i den lilla bilen. Han fipplade med sina glasögon, valde de stålbågade från bröstfickan för att kunna se bättre.

– Stoppa bultsaxen i innerfickan på jackan! sa Anna medan hon vred om startnyckeln.

Johnny gjorde så. Han hade nu beslutat sig för att inte fråga mer. Han bara följde med och gjorde som hon sa. Som i lumpen. Det var visserligen korkat, men det var något med Anna som trollband honom. Han lät allting ske. "Allt är som en dröm." tänkte han och slöt sina blå ögon. Bultsaxen låg nu i jackans innerficka, och plastpåsen tryckte han in under bilsätet.

"Rembrandt", tänkte han plötsligt. Var det den där Rembrandten dom hade skrivit om i tidningarna i höstas? *Den nakna Dana*, eller vad den hette? Han hade ju varit på Gauguinutställningen, men aldrig kommit iväg till Rembrandtarna. Det var ju synd. Han sneglade på Anna. Det är klart att det var den! Det var den enda Rembrandt som fanns i Sverige. Kanske att det fanns nån mer. Han kom ju ihåg *Riddaren med falken* på Konstmuséet. Den mörka, mörka tavlan. Johnny mindes nästan allt. Ju sämre han mådde desto mer mindes han. Ofta minns alla allt till ingen nytta. Folk mindes och mindes. Tänk alla gamla sångtexter som alla dessa tiggare på Järntorget mindes. Och historier. Vilka brott hade inte dessa begåvade människor kunnat planera, om de nu hade velat begå brott! Fast de kunde å andra sidan inte begå brott särskilt enkelt här, ty de kände inte alls till stan. Det fanns det däremot andra som gjorde.

Anna körde med en väldig fart, och Johnny, ängslig som han var, satte på sig säkerhetsbältet.

Dagen innan hade Anna tagit en sväng upp till Kulturgatan, till Lesters uppgång, nummer 16, och lurat sig in hos en gammal dam, föregivandes att hon kom från hemtjänsten, och ifrån dennas handväska snott nyckeln till porten. Så hade hon tagit hissen upp till vinden och provat om nyckeln passade till dörren till avdelningen för vindskontoren. Jodå, det hade den gjort. Nöjd var hon sen snabbt tillbaka i bilen och åkte sedan hem till Kortedala. Theo var hos Elsa, och Anna ringde upp henne och frågade om hon inte ville ha

Theo ett par dar, för hon hade ett visst "jobbigt jobb" som hon måste utföra. Elsa skulle få ordentligt betalt. Jobbet är lukrativt, alltså. Du får 3000: - för två dar, hade hon sagt.

– Det är inte precis dans, men det betalar sig, hade Anna sagt.

När Elsa hade skrattat till, av artighet, så hade Anna nu nästan känt som hon skulle kräkas av nervositet. Hon skulle sluta att försöka vara tuff. Hon beslöt att istället vara stenhård. Och det var det som Johnny kände. Anna var nu stark och lika fast besluten som en gerillasoldat. Den där jävla tavlan skulle hon banne mej ha!

När de svängde in på parkeringen invid Johannebergskyrkan, som visserligen inte låg helt nära Kulturgatan 16, men som passade Annas plan, sneglade hon på Johnny.

Han såg vacker ut när han var rädd, tänkte hon. Han fick en sån lyster i ansiktet. Alla färger samlade i en. Johnny tänkte fråga Anna, om dom inte behövde ett vapen av något slag, men han lät bli. Kniv hade han alltid på sig, men knivar var förfärliga saker. Man kunde verkligen ställa till det med kniv. Han ville inte ha kniven på sig. Omärkligt smusslade han kniven ur byxfickan och la den under bilsätet inkörd i Clas Ohlsonpåsen. Han ville inte råka illa ut.

Just nu var Johnny valet och kvalet. Vad var det hela? En stöld från en tjuv? Man fick väl ta det lite pö om pö, tänkte han.

KAPITEL TRETTIOFEM.

Edward och Lester finner sig i ett svårt läge men att de för tillfället ändå har kort på hand.

N iclas Furenkreutz sänkte pistolen, tecknade åt Lester och Edward att backa in i lägenheten, samt att hålla händerna synliga över huvudet. Han ville inte se några bollträn eller nåt liknande dyka upp framför sig.

– Va é de? Vad handlar de om? Vem é du? ropade Lester.

– *Do you speak English?* undrade Furenkreutz medan han såg sig om i den pyttelilla lägenheten. Det fanns visserligen små lägenheter i London också, men inte byggda så här.

– *Yes*, sa Lester.

Tegelkrona begrep lika lite som Lester någonting. Dock förmodade Tegelkrona att mannen framför dem hade något med Lesters aktiviteter på nätet att göra. Därför kände sig Tegelkrona nu extra hjälplös. Enda fördelen var att de hade en falsk Rembrandt att ö lura på en rånare. Ty att det skulle handla om något annat än tavlan var ju uteslutet. Därför satte sig Tegelkrona på sängen. Händerna höll han fortfarande rakt upp.

- *Please, Stand up!* sa engelsmannen.

– *Okey*, sa Tegelkrona [på engelska] och reste sig igen.

– *Where is the Rembrandt?*

Här uttalade Furenkreutz konstnärens namn på nästan perfekt 1600-talsholländska, vilket gjorde intryck på Tegelkrona. Denne hade nämligen mött få människor som uttalade namnet så, som: "Raabraa", vilket, enligt all expertis på denna meningslösa detalj, var det korrekta.

– Okey, sitt ner på sängen båda två så skall jag berätta. Jag skall redogöra för läget, eftersom jag vet att ni har gömt tavlan och har svårt att bli av med eden.

– Tavlan? sa Tegelkrona.

Åt detta försök till skådespeleri fnös Furenkreutz. Han stoppade undan pistolen i en innerficka och satte sig i en av de stora blommiga fåtöljerna. Hans min avslöjade att han var mycket nöjd med fåtöljen. Hela tiden uppehöll dock den belevade bankiren sin uppmärksamhet på nivå 5, den högsta graden av uppmärksamhet. Edward var tvungen att lossa på sitt skärp lite, för han fick plötsligt ångest. Furenkreutz betraktade Edwards rörelser tålmodigt.

– Bertie vet att ni har den. Vill ni höra på vad jag har att säga, eller … vill ni att jag skall gå? Jag kan gå!

Edward och Lester såg på varann.

– Prata på, sa Lester.

– Jo.

Och så la Furenkreutz ut texten. I enkelt språk förklarade han.

Men Edward hörde inte på. Det var så med honom att när något avgörande inträffade i hans liv, så önskade han att han var ensam, och att han satt och skrev hemma i sitt kök i natten.

Men Lester hörde, och detta var vad han hörde:

– Ni vet att jag vet om tavlan. Ni vet också hur svårt det blir för er att riskfritt bli av med den. Beroende på vart ni säljer den, och till vilket pris så kommer olika resurser sättas in, och det troligaste är att dem som ni sålt till förråder er. Så kommer ni båda att hamna i fängelse. Troligen flera år. Och vid er ålder, ja … det är väl närmast att betrakta som en dödsdom. Ni har sagt till Bertie att ni har den, och så länge ni inte ger mig bevis på, att ni sålt den, så kommer jag att göra ert liv till ett helvete. Så det är lika bra att ni tar fram tavlan. Någonstans här är den ju!

Edward vaknade till.

– Det är klart, sa han, att ni har mer att förlora än vi. Om vi inte får betalt …

Här avbröts nu Edward av Lester.

– Det finns en komplikation!

Lester reste sig och gick fram till fönstret och tecknade åt Furenkreutz att komma och se på undersidan av fönsterbrädet, intill luftintaget.

Furenkreutz gick fram, böjde sig, såg den lilla micken och tystnade. Lester tecknade åt Furenkreutz att man borde lämna lägenheten.

Utan vidare beslöt sig Furenkreutz för att avlägsna sig. De två gubbarna hade vunnit denna rond. Han borde ha anat. Lägenheten kunde vara helt nerlusad med mikrofoner.

– Sån tur att han gick, sa Lester. Det är därför man alltid skall ha en revolver hemma. Fan, han kunde bara ha stuckit in handen under sängen och halat fram tavlan.

Edward insåg att Lester talade för mickarna, och fyllde resolut i:

– Stoppa undan den där! Jag hatar skjutvapen!! Sedan tog de på sig sina ytterkläder och begav sig ut för att äta lunch.

KAPITEL TRETTIOSEX.

Anna Constantia Smith och Shakira Khan fullföljer mitt på blanka dagen, var och en av dem, sina planer.

Efter det de stannat bilen vid kyrkan stoppade Anna handen i en mattsvart presentpåse intill pedalerna och plockade fram en peruk. En illgrön. Hon satte den på huvudet och tog sen på sig ett par solglasögon samt svepte en lång beige yllehalsduk om halsen.

– Klar? frågade hon Johnny.

– Jepp! Denne hade i sista momangen av nervositet böjt sig tillbaka in i bilen, trevat under sätet och norpat åt sig sin kniv igen och smugit in den i innerfickan på kavajen, som han bar under skinnjackan. Kniven låg i sitt fodral av brun bakelit. Den gick lätt att dra fram ur fodralet. Någon spärr eller slejf fanns inte, men den satt fast i sin slida enbart genom friktion.

Anna och Johnny släntrade ner för en trappa iväg till en gata nedanför Kulturgatan, en gata som man kunde nån från två håll, och till vilken så vardera trappan ledde upp från nedre belägna gator. Anna och Johnny kom från den norra änden på gatan och begav sig nu, spejandes längs denna mot målet som var, som Anna förklarade, den mittersta porten, nr 16. Hon rättade till peruk och glasögon. Hon kunde ju här riskera att möta både Lester och Edward, och om det skedde, så fick hon absolut inte bli igenkänd. Därav förklädnaden. Johnny visste ju ingen nåt om, så han var perfekt.

170

Samtidigt skyndade sig nu, från den södra sidan, upp för trapporna de båda före detta *Securitus*-vakterna, Nilson och Khan, och Khan hade – av en slump – även hon förklätt sig i just grön peruk, som Anna, och solglasögon. Nilsson hade helskägg, ett löst, stort sådant. Khan och Nilsson hade ju hört, sittandes i en bil på Blickstillagatan, just i närheten av Kulturgatan, samtalet mellan Furenkreutz och de båda gubbarna, samt vad gubbarna sagt efter det Furenkreutz gått.

Shakira hade skaffat nycklar till gubbarnas lägenhet genom försänkningar hos bostadsbolaget, så det var bara att promenera in och rota fram tavlan, där den – enligt vad tjuvarna sagt inbördes - satt fasttejpad under Lesters säng.

Nu råkade Anna och Johnny vara snabbare framme vid porten och man gick in, och porten hade just slagit igen med en smäll om dessa båda, när Shakira och Charlie svängde runt sitt hörne upp på Kulturgatans södra del. De avancerade utan mankemang och var likaså de glada att de inte mötte vare sig Lester eller Edward, vilka för övrigt nu redan befann sig på Viktor Rydbergsgatan ner förbi gamla Handelsinstitutet mot Götaplatsen.

Anna och Johnny tog hissen upp till översta våningen, gick sedan snabbt den lilla trappan upp till vinden och kom sedan via den tunga gröna vindsdörren, som snabbt öppnades med hjälp av den stulna nyckeln, in på vinden. Anna hade ju tidigare kontrollerat att vindarna var ordentligt märkta med lägenhetsnummer, så att man skulle klippa sig in i rätt förråd.

Man hittade snart Lesters, och Johnny tog fram bultsaxen.

Dörren till trappuppgången hade man stängt bakom sig. Inga ljud trängde från vinden ut i trapphuset.

Det tog dem inte lång stund att finna tavlan, som var inrullad i en liten halväkta matta. De tog så matta och tavla och begav sig iväg. Anna bar mattan. Hålet i vindsdörren dolde de med en gammal solstol, som nån slarvigt – i strid med reglementet - låtit stå i vindsgången.

Under tiden hade Shakira och hennes vän efter att ha ringt på dörrklockan ett par gånger brutit sig in hos Lester och med breda leenden rotat fram tavlan från under sängen. De blev lite försenade eftersom de fann för gott att avlägsna sina mikrofoner.

När detta var gjort och man hade emballerat tavlan i en liten trasmatta, samt lindat en massa pappersnöre om denna, så begav man sig tillkämpat lugnt av.

Anna och Johnny hade nu tagit hissen ner.

De två tjuvteamen möttes på bottenvåningen. Där stod de, på väg att ta de sista stegen till ytterdörren mot Kulturgatan, med sina respektive byten i händerna och Shakira fick syn på Annas grälla peruk och mattan hon bar under armen, och Anna stirrade på Shakiras illgröna peruk och mattan, som hon i sin tur bar under armen. Båda hade nu dessutom åter försett sig med de solglasögon, som de naturligtvis avlägsnat medan de var i huset och "arbetade".

– *Vad gör ni?* ekade det högt och unisont från de två.

Sedan utbröt ett vilt tumult. Egentligen begrep ingen varför. Ingen hade konkret anledning att misstänka den andre för något, men båda ville helt desperat få tag i varandras mattor. Anna och Shakira störtade emot varann och Nilsson och Twilfit försökte hjälpa sina respektive partners. Johnny slet upp sin kniv och skrek till Shakira:

– Hit med den mattan!

Charlie Nilsson försökte ta kniven. Han hade ju säkerhetsvaktsutbildning och ämnade slå kniven ur Johnnys hand med ett enda snabbt och kraftigt slag på dennes överarm. Johnny svängde undan sin arm, och armen med kniven for iväg och med ett ruskigt ljud, som inte går att beskriva, åkte kniven in i magen på Shakira, som just med utsträckta armar försökte hålla fast sin matta i dess fransar mot den i mattan dragande Anna.

Shakira föll ihop, utan ett ljud, och som ett korthus.

De övriga slutade med ens att slåss. De tappade nu mattorna i trappen, stirrade på Shakira i vars mage kniven nu började omges av blod. Ja, blodet pumpade ut invid kniven.

Alla tre skrek högt. Man böjde sig över offret, och Shakira kanske levde i några minuter. Så dog hon, utan att ha öppnat ögonen, som var tätt slutna, eller fått ur sig ett en enda stavelse.

KAPITEL TRETTIOSJU.

Anna, Johnny och Charlie har haft bättre dagar än denna.

Kalle "Charlie" Nilsson ringde polis och ambulans från sin mobil. Anna och Johnny tänkte knappt tanken på att fly ifrån platsen, men de satt och höll i den döda kvinnan.

Mattorna med taveldukarna låg på trappavsatsen, som två betydelselösa trashögar. De talade inte mycket. Det var inte mycket att säga längre. När polisen kom, så stirrade Anna, Johnny och Charlie bara tomt ner i golvet. De förhördes kort på platsen och fördes sedan till polishuset. Shakira, fortfarande med kniven i sig, instucken till skaftet, togs i ambulans till Sahlgrenska. Där kunde man endast konstatera dödsfallet. Allt gick mycket snabbt. Ingen press kom till platsen, och allt var överhuvudtaget bottenlöst sorgligt.

KAPITEL TRETTIOÅTTA.

Efterspel.

Shakira sörjdes djupt i familj, bland vänner och i alla hennes många sociala kretsar. Och det rättsliga efterspelet till denna tragiska händelse blev både invecklat och, för många av de inblandade, livsförändrande.

Edward och Lester kom sig aldrig riktigt efter chocken. Johnny och Anna hamnade i fängelse. Trots att Johnny upprepat försäkrat att Anna inte hade en aning om kniven, så trodde inte rätten på detta, men ansåg att Anna var medskyldig. Särskilt spelade då den detaljen in, som Johnny berättat, sanningsenligt, hur han först plockat av sig kniven och lagt den under sätet, men sen plockat fram den igen. Att Anna inte skulle ha märkt åtminstone någon av dessa handlingar förföll rätten otänkbart. Advokaten, en skicklig och rutinerad karl, som Bertie, under en så stor diskretion som var möjlig i sådana ärenden, hyrt åt Anna, över-klagade, men hovrätten kom till samma något egen-domliga slutsats.

Charlie Nilsson befanns skyldig till stöld. Lik-som Edward och Lester. Men både Charlie och de båda gubbarna fick ganska lindriga straff: ett par må-nader bara. Charlie blev sedan krogvakt, men gifte sig och återgick sen till att använda namnet dopnamnet "Kalle".

Ägarna till Rembrandten återfick sin tavla. Den kunde alltså - efter långvariga och intressanta restau-reringsarbeten utförda av ryska och tyska konservato-rer - repatriera sig i sitt favoritgömställe i ett bankvalv i alla dyra målningars paradis: Schweiz. Niclas Furen-kreutz återvände så snabbt han kunde till London och Bertie Korallgran fortsatte med sin domänhandel, som dock gick allt sämre, vilket berodde på någon imper-fektion i mjukvaran. Didrik Regelhielm gick och på-tade i Gullbergsvass, samt byggde på sin motorcykel med sidovagn, och lille Theo Smith fick bege sig till ett fosterhem. Kommissarie Viktor Plungert gick efter något år i pension, utan att ha yttrat ett ord om den stora konststölden. Sakförare Richard Berg hälsade på gubbarna i fängelset.

När dessa kom ut från Skogome, som de alltså båda överlevde, så gick de tillsammans, lätt haltande båda två, av ålder, iklädda mörka kostymer, till Shaki-ras grav på Stampens kyrkogård i Göteborg med nya, friska blommor en vårdag.

– Knivar, sa Edward. *Knivar!!* Dessa djävulska tingestar, som så snabbt sliter ihjäl en människa, utan att det ofta alls varit meningen. Så snabbt, så snabbt. Så snabbt, så snabbt. Ett helt liv…

Lester var tyst. Han stirrade hålögt omkring sig på kyrkogården. Det hade då gått ett helt år, och den långa, högväxta lindallén, som på ett sätt dominerar denna plats, stod alltså nu åter bjärt ljusgrön. Lindarna är här också knotiga, och de är mycket vackra.

Gubbarna grät och de blev sedan aldrig riktigt glada mer. Anna ville de inte träffa. De besökte henne inte på Hinseberg, och de sökte aldrig efter henne senare heller. Hur det gick för Anna är det ingen som vet. Troligen träffades inte Bertie och Anna något mer, men det är det ingen som vet något bestämt om heller. Johnny Twilfit kom ut efter ett tag, illa medfaren av allt som hänt efter det ödesdigra besöket på Kulturgatan, och han sågs sedan mycket sällan i Göteborg, men öppnade en liten Second Handbutik i en annan stad.

===============================